A STORMY SPELL - DEUTSCHE AUSGABE

THIS GOOD WITCH MYSTERY SERIES

LUCY MAY

OHNE TITEL

Die Welt ist voll von magischen Dingen, die geduldig darauf warten, dass unsere Sinne schärfer werden. ~ W.B. Yeats

KAPITEL EINS

JULIETTE GOOD

»Autsch!«, rief ich und schüttelte schnell meine Hand, um das brennende Gefühl in meinen Fingern zu vertreiben.

Es war Jahre her, seit meiner Teenagerzeit, dass ich Schwierigkeiten gehabt hatte, einen elektrischen Zauber zu kontrollieren. Ich blickte auf meine Hand hinunter und sah, dass meine Fingerspitzen leuchtend rot waren. Mein Blick wanderte über die Schotterauffahrt dorthin, wo ich den Zauber gewirkt hatte, und blieb an einer verkohlten Stelle auf dem Boden hängen.

»Was ist passiert?«, fragten Celia und Delia wie aus einem Munde, als sie von der Veranda des Hauses meiner Eltern herübereilten.

Meine Zwillingskusinen blieben vor dem geschwärzten Fleck auf dem Boden stehen, ihre beiden dunklen Köpfe zusammengesteckt, während sie hinuntersahen. Als ich von meinem Platz in der Nähe der freistehenden Garage zu ihnen hinüberging, blickten zwei Paar runde blaue Augen zu mir auf.

»Geht es dir gut?«, fragte Delia und griff nach meiner Hand.

»Ich schätze schon. Aber meine Finger sind heiß. Ich weiß nicht, was gerade passiert ist. Ich habe ganz sicher nicht versucht, den Boden zu verzaubern«, erklärte ich.

Celia blickte an mir vorbei zu der Lampe auf einem Granitsockel am Ende der kreisförmigen Auffahrt meiner Eltern. Sie war rein zu dekorativen Zwecken da. Zu beiden Seiten der Auffahrt standen zwei quadratische Granitpfosten mit Lichtern darauf. Einen Moment zuvor hatte meine Mutter bemerkt, dass eine der Glühbirnen durchgebrannt war, und mich gebeten, sie zu reparieren.

Das war einfach genug. Mit meinen Kräften war es für mich ein Leichtes, alles Elektrische zu reparieren. Ich folgte Celias Blick und sah, dass das Licht wieder funktionierte. Es leuchtete jedoch so hell, dass ich selbst bei Tageslicht die Augen abschirmen musste.

Celia wandte sich mit verwirrtem Gesichtsausdruck wieder mir zu. »Ähm, Juliette, ich glaube, da ist etwas schiefgegangen.«

»Was du nicht sagst?«, murmelte ich und schritt zur Lampe, um sie zu inspizieren. Als ich näher kam, konnte ich sehen, wie überall Funken um sie herum zuckten.

Meine Hand war immer noch heiß, fast schon brennend. Ich sah die Zwillinge an und fragte: »Kann eine von euch schnell reingehen und meinen Vater holen?«

Ich würde diese Kraft nicht dämpfen können, aber mein Vater schon.

Celia eilte davon, ihr Pferdeschwanz schwang hin und her, als sie über die Veranda und durch die Haustür joggte. Sekunden später kam mein Vater hinter ihr herausgeschritten.

Wie immer sah er vollkommen ruhig aus. Groß und stattlich, schaffte es mein Vater irgendwie, auszusehen, als wäre er den Seiten eines Geschichtsbuches entsprungen, egal in welcher Situation. Sein silbernes Haar schimmerte im Sonnenlicht, als er neben mir stehen blieb und seine Brille auf der Nase zurechtrückte.

Sein durchdringender blauer Blick wanderte von mir zu der verkohlten Stelle auf dem Boden. Ohne ein Wort schritt er auf das Licht am Pfosten am Ende der Auffahrt zu. Er hob eine Hand und hielt sie ruhig neben die Lampe. Nach einem Moment legten sich die Funken und das Licht leuchtete normal, fast so, als hätte er einen Dimmer benutzt, um die Helligkeit einzustellen.

Er ließ die Hand sinken und kehrte an meine Seite zurück. »Wie fühlst du dich?«, fragte er.

»Na ja, gut. Glaube ich? Meine Finger kribbeln ein wenig«, sagte ich, hob meine Hände und rieb sie aneinander. Das brennende Gefühl hatte endlich angefangen nachzulassen.

Die Augen meines Vaters verengten sich, als er wieder auf die geschwärzte Stelle am Boden blickte.

»Ist etwas Ungewöhnliches passiert, als du den Zauber gewirkt hast, um die Lampe zu reparieren?«

»Nein, nicht als ich ihn gewirkt habe. Aber dann fühlten sich meine Finger an, als stünden sie in Flammen, und er schoss im Zickzack davon. Selbst als ich früher mehr Mühe hatte, diese Kraft zu kontrollieren, ist das nie passiert.«

Obwohl mein Vater äußerlich ruhig blieb, konnte ich seine Besorgnis spüren. Als mächtiger Hexenmeister hatte mein Vater viele Dinge im Reich der Magie gesehen und getan. Ich spürte, dass er so etwas vielleicht schon einmal gesehen hatte, aber er schien keineswegs geneigt, es mit uns zu teilen.

»Was glaubst du, ist passiert?«, zwitscherte Delia.

Mein Vater, Liam Good Sr., blickte zu den Zwillingen, während ein kaum wahrnehmbares Grinsen seine Mundwinkel umspielte. »Ich weiß es nicht genau. Elektrische Kräfte sind schwer zu beherrschen. Jetzt ist alles in Ordnung, also hoffen wir, dass es nur ein Ausrutscher war.«

Ich hörte die Stimme meiner Mutter und blickte über meine Schulter, um sie herankommen zu sehen. »Ist alles in Ordnung bei dir, mein Schatz?«, rief sie.

»Mir geht's gut«, erwiderte ich, als sie mich erreichte.

Ich sah einen *Blick* zwischen meinem Vater und ihr wechseln und wünschte, sie wären nicht immer so zurückhaltend. Was auch immer passiert war, ich hoffte sehr, dass es nicht mehr als ein Ausrutscher war. Magie konnte unberechenbar sein.

———

Stunden später blickte ich über den Tisch zu meiner Schwägerin Moira und schüttelte den Kopf. »Nein, seitdem ist nichts mehr passiert.

Natürlich habe ich auch nicht versucht, irgendwelche Zauber zu wirken.«

Moira rümpfte die Nase, als sie mich über den Tisch im Enchanted Spirits ansah. Wir trafen uns hier zu einem späten Abendessen und ein paar Drinks.

Genau in diesem Moment gab es ein lautes Splittern hinter uns. Wir drehten uns wie auf Kommando um. Als wir aufblickten, sahen wir, dass zwei der Lampen über der Bar explodiert waren, wobei Glas auf die Theke splitterte und die beiden nackten Glühbirnen wie wild Funken sprühten.

»Oha. Das ist nicht gut«, murmelte Moira.

»Sollen wir ...« Noch bevor ich meine Frage beendet hatte, beantwortete ich sie selbst. »Es hat keinen Sinn, hinzugehen. Sieht so aus, als hätten sie genug Hilfe.« Der Barkeeper und ein paar andere waren bereits dabei, aufzuräumen und die Glühbirnen auszuwechseln. Ich sah ein paar besorgte Blicke, aber der Betrieb ging weiter.

»Da ich ja hier sitze und dich sehe, weiß ich, dass du keine Zauber gewirkt hast. Ich frage nur, weil ich heute Nachmittag von Zoes Mutter davon gehört habe, als ich vorbeischaute, um Zoe und das Baby zu besuchen. Sie meinte, bei ihr sei heute Nachmittag auch ein Zauber schiefgegangen. Dabei wollte sie ihren Blumen doch nur etwas Kraft geben«, sagte Moira.

»Glaubt sie, dass es nur Zufall war?«

Moira zuckte mit den Schultern. »Zu dem Zeitpunkt schon, ja. Aber Pflanzenmagie ist auch weitaus einfacher zu beherrschen als Elektromagie.«

Ich verkniff mir eine Antwort darauf. Manchmal hatte ich die Kommentare darüber, wie schwierig es war, Elektromagie zu beherrschen, einfach satt. Das musste mir niemand sagen. Schließlich war ich diejenige, die diese Gabe besaß. Außerdem hatte ich mir in der Highschool den Ruf erarbeitet, ein paar Zauber verpatzt zu haben, als meine Kräfte erwachten. Ich hatte zwar gelernt, sie zu kontrollieren, aber es war eine Herausforderung und erforderte Geschick. Manchmal fühlte es sich an, als würde man Feuer in den Händen halten.

Moira redete weiter, ohne meine Gedankengänge zu bemerken. »Sie war schockiert, weil sie seit Jahrzehnten keine Probleme mehr mit

Zaubersprüchen gehabt hatte. Um wie viel Uhr genau ist das heute Nachmittag passiert?«

»Oh, es war nach der Schule, weil die Zwillinge schon zu Hause waren. Ich habe nicht auf die Uhr geachtet, aber ich würde sagen, es war so gegen halb vier oder vier.«

Moira zog ihr Handy aus der Handtasche und wischte über den Bildschirm, um es zu entsperren. »Ich schreibe Bets sofort eine SMS.«

Während sie tippte, drehte ich mich um, um zu sehen, was mit den Lichtern los war. Der Barkeeper hatte bereits das Glas von der Theke gewischt und die Gäste waren zurückgetreten, einige von ihnen halfen dabei, die Scherben vom Boden zu kehren. Obwohl die Glühbirnen ausgetauscht worden waren, sprühten die Lampen schon wieder Funken.

Gerade als ich mich fragte, wen wir anrufen könnten, um was auch immer da vor sich ging zu dämpfen, kam Moiras Ehemann Liam, der zufällig auch mein Bruder ist, zur Vordertür herein. Mit einem schnellen Blick durch den Raum ging er sofort zur Bar und sagte etwas zum Barkeeper.

Einen Moment später kletterte er auf einen Hocker, den der Barkeeper ihm besorgt hatte. Obwohl es so aussah, als würde er die Glühbirnen lockern, wusste ich, dass er die Elektrizitätsprobleme dämpfte.

Moira hatte Liams Ankunft nicht einmal bemerkt und schaute auf. »Bets sagt, das war ungefähr zur gleichen Zeit, als ihr Zauber verrücktspielte. Ich weiß nicht, was los ist, aber mein Bauchgefühl sagt mir, dass da etwas im Busch ist.«

In den nächsten vierundzwanzig Stunden tauchten in ganz Charm Cove Berichte über außer Kontrolle geratene Zauber in der Gemeinschaft der Hexen und Hexenmeister auf. Selbst bei kleinen Dingen, wie dem Öffnen eines Schlosses.

Das extravaganteste Beispiel stammte von einem Liebestrank, der bei Persnickety Potions & Gifts verkauft wurde. Anscheinend war ein Mann auf dem Bürgersteig direkt vor dem Laden auf die Knie gefallen und hatte wild seine Liebe bekundet. Kleines Problem: Er gestand seine Liebe einer Krähe, die auf einem Straßenschild saß.

Wir hatten ein Problem. Ein Magieproblem.

KAPITEL ZWEI

Ich fuhr mit meiner Fingerspitze die Zeile der ausgedruckten Tabelle entlang und hielt inne, als ich bei der Zahl ankam, die ich suchte. »Genau hier«, sagte ich und tippte mit dem Zeigefinger auf die Zahl. »Die hier stimmt fast jeden zweiten Monat nicht.«

Tante Opal lehnte sich über den Tresen, wo sie neben mir auf einem Hocker an der Glasvitrine saß, die in Beauty Bewitched gleichzeitig als Kassenbereich diente. Beauty Bewitched war ein Geschäft, das von meiner weitläufigen Großfamilie, den Goods, geführt wurde. Derzeit hatte Tante Opal die Zügel in der Hand und leitete es. Ihre Augen überflogen die Zeile und blieben auf dem Namen des Lieferanten hängen. »Und was bedeutet das?«, fragte sie.

»Ganz einfach, es bedeutet, dass ihre Zahlen alle paar Monate nicht stimmen. Ich weiß nicht genau, woran es liegt, aber wir sollten das im Auge behalten. Ich wollte mir die Buchhaltung der Vergangenheit etwas genauer ansehen, aber zuerst wollte ich mit dir darüber sprechen. Jedes Mal, wenn die Zahlen nicht stimmen, ist es zu ihrem Vorteil. Du gibst eine Bestellung auf und bezahlst sie. Aber wenn sie die Ware versenden, weicht der Lagerbestand leicht ab und die mitgelieferten Unterlagen spiegeln wider, was sie geschickt haben, aber nicht, was du eigentlich im Voraus bezahlt hast. Deshalb wollte ich ein System einrichten, das automatisch einen Abgleich macht.«

Opal nahm ihre Brille ab und ließ sie an der Silberkette um ihren Hals baumeln, während sie mit den Fingerspitzen auf das Glas trommelte. »Das ist auf jeden Fall besorgniserregend. Wir arbeiten schon seit Jahren mit Alden Beauty Supply zusammen. Wann immer ich es schaffe, gehe ich zu ihrer Weihnachtsfeier in Portland«, sagte sie, ihre blauen Augen vor Bestürzung geweitet.

»Ich weiß. Ein Jahr hat Mama mich mitgenommen. Ich glaube, du konntest nicht und wolltest, dass jemand aus der Familie da ist.«

Bei dieser Bemerkung huschte ein Lächeln über Opals Gesicht. Sie wurde sofort wieder ernst und stieß einen Seufzer aus. »Ich tue das nur ungern, aber ich möchte, dass du dir die Konten des letzten Jahres ansiehst. Du weißt, wir haben Norma abgöttisch geliebt, aber sie hat mit unserer Buchhaltung angefangen, bevor es computergestützte Buchführung überhaupt gab. Bei langjährigen Geschäftspartnern wie den Aldens vertrauen wir ihnen einfach. Es gab nie einen Grund anzunehmen, dass sie sich nicht anständig verhalten. Ich weiß zu schätzen, was du mit den Gegenprüfungen und so machst. Ich wüsste nur zu gern, wie lange das schon so geht. Meinst du, es könnte ein Fehler ihrerseits sein?«

»Das ist zwar zweifelhaft, aber immer möglich. Die Leute reden gern so, als könnten Computer Fehler verhindern, aber man muss nur die Nachrichten lesen, um zu wissen, dass das nicht der Fall ist. Ich schaue mir die alten Unterlagen gerne an. Gab es bei diesem Lieferanten irgendwelche Änderungen in der Geschäftsführung oder so etwas in der Art?«

»Wo du es gerade erwähnst, die Aldens haben sich vor etwa drei Jahren zur Ruhe gesetzt und die Führung an ihre Tochter übergeben. Ich weiß nicht, wie sehr sie sich seitdem noch um die Details gekümmert haben.«

»Na gut. Also, ich werde mir das ansehen. Ansonsten sieht alles gut aus. Wir verkaufen wirklich eine Menge von diesen Anti-Aging-Cremes«, sagte ich mit einem leichten Kopfschütteln.

»Nun, Liebes, sie wirken. Das ist der Vorteil, wenn man eine Prise Magie hinzufügen kann, nachdem wir die Grundzutaten erhalten haben«, erwiderte Opal mit einem verschmitzten Augenzwinkern, setzte ihre Brille wieder auf und drehte sich zur Seite, um den Laptop, der gleichzeitig als Kasse diente, so zu positionieren, dass wir beide darauf sehen konnten. »Sieh dir mal diese Zahlen vom letzten Jahr an.«

Sie präsentierte stolz unsere ausgezeichneten Zahlen. Beauty Bewitched machte auch online gute Geschäfte. Wir mussten unsere Bestellungen verwalten, weil wir nur eine begrenzte Anzahl von Zaubern wirken konnten und es nicht funktionierte, Großbestellungen abzuwickeln.

Beauty Bewitched verkaufte Schönheitsprodukte aller Art. Ich hatte die Buchhaltung übernommen, als die langjährige Buchhalterin unserer Familie endlich in den Ruhestand gegangen war, erleichtert, die Zügel an jemanden übergeben zu können, dem sie vertraute. Ich hoffte nur, dass ich nicht entdecken würde, dass sie Fehler wie diesen zu lange übersehen hatte.

»Anderes Thema, hast du noch etwas über diese Serie von Zaubersprüchen gehört, die neulich alle schiefgelaufen sind?«, fragte ich, während ich die Tabellenblätter stapelte, sie in eine Aktenmappe steckte und diese dann in meine Laptoptasche gleiten ließ.

Opal schürzte die Lippen und trommelte erneut mit den Fingerspitzen auf die Glasplatte des Tresens. »Nichts, außer dass immer wieder neue Meldungen hereinkommen. Alle halten sich mit größeren Zaubern zurück. Das Letzte, was wir brauchen, ist, etwas richtig Großes zu vermasseln. Das macht mir Sorgen.«

»Ja, natürlich. Ich hätte mir fast die Hand verbrannt. Seitdem habe ich mich nicht mehr getraut, einen Zauber zu wirken. Allein der Gedanke daran stresst mich.«

»Genau wie ich es heute Morgen Maria erzählt habe, als ich sie im Magic Beans getroffen habe: Wir müssen einen Test machen, bei dem jemand einen Zauber wirkt, während jemand anderes mit dämpfenden Kräften in der Nähe ist. In deinem Fall ist das ganz einfach. Frag deinen Vater.«

»Mein Vater hat das schon gemacht, denn er hat geholfen, den Zauber zu beruhigen, der bei mir gestern schiefgelaufen ist. Aber wie finden wir überhaupt heraus, was die Ursache dafür ist, dass die ganzen Zauber verrücktspielen?«

»Wenn sich das in ein paar Tagen nicht von selbst erledigt, müssen wir anfangen, ein bisschen herumzuschnüffeln. Ich habe Jacob schon gebeten, nachzuforschen, ob er irgendwelche Spuren verfolgen kann. Wir haben genug konkrete Vorfälle, damit er ein wenig Detektivarbeit leisten kann. Ich schätze mal, es ist ein Versehen. Normalerweise ist so etwas ein Versehen. Bisher ist nichts Schlimmes passiert, außer kleineren Unannehmlichkeiten.«

Ich nickte. »Ich vertraue darauf, dass du mir Bescheid sagst, wenn du etwas hörst. In der Zwischenzeit habe ich Moira und Zoe versprochen, sie drüben im Magic Beans auf einen Kaffee zu treffen, also muss ich los.«

»Dann aber schnell. Brauchst du irgendetwas von mir, um die alte Buchhaltung durchzusehen?«, fragte sie, als ich aufstand und meine leichte Fleecejacke von den Haken hinter dem Tresen schnappte.

»Mir fällt nichts ein. Ich habe bereits Zugriff auf alle Unterlagen, die ich brauche. Es wird eine Weile dauern, alles zu überprüfen, aber ich werde mich daransetzen.«

Ich beugte mich vor, hauchte ihr einen Kuss auf die Wange und verließ den Laden mit einem Winken. Die Frühlingsluft war heute Nachmittag frisch. Eine leichte Brise wehte vom Ozean in die malerischen Straßen von Charm Cove. Ich hielt inne und ließ meinen Blick über die Stadt schweifen. Hübsche Gebäude im Kolonialstil säumten die Straßen. Direkt gegenüber von Beauty Bewitched befand sich ein perfekt quadratischer Dorfanger. Ich hielt an, um in beide Richtungen zu schauen, bevor ich die Straße überquerte, eilte hinüber, betrat den gepflasterten Bürgersteig und schob das schmiedeeiserne Tor auf, das auf den Anger führte.

Ich lächelte, als mein Blick auf die hohe Balsamtanne in der Mitte des Angers fiel. Sehr zu meinem Leidwesen war sie eines Nachts beinahe zu Asche verbrannt, als ich vor ein paar Monaten nach den Feiertagen nach Hause kam. Glücklicherweise hatten wir dieses kleine Problem gelöst. Mein älterer Bruder Liam, der die Fähigkeit besitzt, Dinge wiederherzustellen, hatte den Baum in seinem alten Glanz erstrahlen lassen. Die hübsche Balsamtanne war leuchtend grün und ihre Äste wurden sanft von der Brise zerzaust.

»Juliette!«, rief eine Stimme.

Ich hielt inne, sah mich um und erblickte Beatrice Powers, die mir von der hintersten Ecke des Angers zuwinkte, genau aus der Richtung, in die ich unterwegs war. Ich winkte zurück und beschleunigte meine Schritte. Natürlich blieb Beatrice nicht einfach stehen und wartete. Obwohl sie nicht auf ihrem morgendlichen Powerwalk war, den sie täglich bei jedem Wetter absolvierte, kam sie mir flotten Schrittes entgegen.

»Guten Tag, meine Liebe«, sagte sie, als sie vor mir stehen blieb.

»Hallo, Beatrice. Machen Sie heute einen zusätzlichen Spaziergang?«

»Ich erledige nur ein paar Besorgungen. Wie geht es dir denn?«

»Ich war drüben bei Beauty Bewitched, um mit Opal ein paar Buchhaltungsfragen durchzugehen, und jetzt treffe ich mich mit Moira und Zoe auf einen Kaffee.«

»Hast du Zoes Baby in letzter Zeit gesehen? Sie ist wirklich bezaubernd«, sagte Beatrice, und ihre braunen Augen funkelten passend zu ihrem Lächeln. Obwohl Beatrice über neunzig Jahre alt war, sah man es ihr nicht an. Durch ihr Spazierengehen hielt sie sich ziemlich gesund. Mit ihrem silbernen Haar und den feinen Fältchen im Gesicht war sie schlank und energiegeladen. Sie war eine Stammkundin bei Beauty Bewitched und bestand darauf, dass die Hautpflegelotionen, die wir verkauften, wahrhaft magisch waren. Da ich eine der mächtigeren Hexen in Charm Cove und damit auf der Welt war, konnte ich mir nur vorstellen, wie viel Kraft die Lotionen hatten, nachdem ihre Magie sie in die Finger bekommen hatte.

»Sie ist wirklich bezaubernd. Bets hat sie heute Nachmittag für die Oma-Zeit, also meinte Zoe, sie hätte Lust auf einen Kaffee. Sie hat ja neun Monate darauf verzichtet, wissen Sie.«

»Natürlich. Aber mal davon abgesehen, sind dir noch andere Missgeschicke passiert?«, fragte Beatrice und hob die Hand, als wolle sie einen Zauber wirken.

Obwohl ich mit Beatrice nicht über mein kleines Zauber-Missgeschick gesprochen hatte, wusste sie im Allgemeinen über alles Bescheid, also bezweifelte ich nicht, dass sie die ganze Geschichte gehört hatte. »Ich habe seitdem keinen einzigen Zauber mehr gewirkt. Aber es lag nicht nur an mir. Das wissen Sie doch, oder?«

»Oh, das weiß ich ganz bestimmt. Ich hatte Glück, dass ich keine Probleme hatte. Ich habe einen kleinen Zauber gewirkt, um meinen Tee zu erhitzen, weil ich keine Lust hatte, aufzustehen und den Teekessel wieder anzustellen. Glücklicherweise habe ich gemerkt, dass etwas nicht stimmte, und habe meinen eigenen Zauber blockiert.«

»Nun, das ist praktisch«, meinte ich mit einem Lächeln.

»Ich bin sicher, du fragst dich schon um, und du weißt, dass ich das auch tue. Bisher haben wir nichts. Hoffen wir, dass dieser Frühling weniger ereignisreich wird als der letzte«, sagte sie, zog die Augenbrauen hoch und schüttelte leicht den Kopf.

Beatrice bezog sich auf das Ereignis, das dazu geführt hatte, dass Charm Cove das *Gänseblümchen-Weltwunder* genannt wurde. Ein Streit zwischen zwei älteren Hexen über eine alte Meinungsverschiedenheit hatte dazu geführt, dass die ganze Stadt mit Gänseblümchen bedeckt war. Es war ein ziemliches Spektakel gewesen, komplett mit einer Menge unerwünschter medialer Aufmerksamkeit.

»Ich bin sicher, jeder hofft auf einen langweiligen Frühling, was die Zauber angeht. Im Moment sind die einzigen, die wissen, dass etwas nicht stimmt, Hexen und Hexenmeister. Das können wir sicher schnell klären.«

»Das werden wir. Hab eine schöne Kaffeepause mit deinen Freundinnen, meine Liebe«, sagte Beatrice, drückte meinen Ellbogen und eilte an mir vorbei.

KAPITEL DREI

Das Schild vom Magic Beans lockte mich, als ich über den Dorfplatz ging. Es war vor Kurzem neu gestrichen worden und seine leuchtend blauen Buchstaben sahen fröhlich aus. Mit den zusätzlichen, um den Namen des Cafés verstreuten Blumen passte es perfekt zum Frühling. Als ich einen Moment später durch die Tür trat, umströmte mich der reiche Duft von Kaffee und Gebäck.

An der Kasse hatte sich eine Schlange gebildet. Das Café war gut besucht, wie immer, egal zu welcher Jahreszeit. Während ich wartete, ließ ich meinen Blick durch den kleinen Raum schweifen, bis er auf Moira in der hinteren Ecke fiel. Sie hob grüßend die Hand und ich winkte zurück.

Als ich vorn in der Schlange ankam, lächelte mich Sarah Glen, deren Familie das Magic Beans gehörte, strahlend an. »Guten Tag, Juliette. Moira hat erwähnt, dass du dich hier mit ihr treffen willst. Was darf es für dich sein?«

»Ich nehme einen Americano. Ich könnte etwas Koffein gebrauchen. Was habt ihr denn heute für Gebäck-Spezialitäten?«

Sarah bereitete bereits meinen Kaffee zu. Ihr blonder Pferdeschwanz schwang hin und her, als sie über die Schulter blickte. »Wir haben Blaubeer-Muffins mit weißen Schokoladenstückchen. Und als was Herzhaftes haben wir Spinat-Artischocken-Feta-Taschen. Die Frage ist also, süß oder herzhaft?«

»Herzhaft. Ich nehme zwei von den Taschen. Ach ja, und übernimm bitte auch Zoes Kaffee und alles, was sie sonst noch bestellt, wenn sie kommt.« Ich legte einen Zwanzig-Dollar-Schein auf den Tresen.

»Natürlich.« Sarah drückte die Knöpfe an der Espressomaschine, legte dann zwei Taschen in den kleinen Ofen daneben und drehte sich wieder zu mir um. »Was soll ich mit dem restlichen Wechselgeld machen?«

»Behalt es als Trinkgeld«, bot ich mit einem Lächeln an.

Sarah zwinkerte mir zu. »Na, vielen Dank.«

Genau in diesem Moment piepte die Kaffeemaschine hinter ihr und sie drehte sich weg. »Lass bitte Platz für Sahne«, sagte ich.

Einen Augenblick später reichte mir Sarah meinen Kaffee und die beiden Teigtaschen auf einem kleinen Teller. »Guten Appetit.«

Während ich mich bedankte, bediente Sarah bereits den nächsten Kunden. Ich schlängelte mich durch die Tische zu dem, den Moira in der Ecke erobert hatte, und ließ mich auf den Stuhl ihr gegenüber fallen. »Morgen. Wie ich sehe, warst du schneller hier als ich.«

»Nicht schwer, da Liam wegen eines Meetings früher loswollte«, erwiderte Moira.

»Du hättest auch selbst fahren können«, sagte ich und nippte an meinem Kaffee.

»Oh, ich weiß. Aber wir sind zur gleichen Zeit fertig, also ist es einfach effizienter, zusammen zu fahren.«

»Außerdem magst du ihn.« Ich grinste.

Ihre Wangen röteten sich leicht, als sie lächelte. »Das will ich doch hoffen, wo wir doch geheiratet haben. Oh, da ist Zoe«, sagte sie und winkte, während ich hinübersah und bemerkte, wie Zoe sich hinten in der Schlange anstellte.

Zoe winkte uns zurück. »Ich kann nicht fassen, dass ihr Baby schon fast vier Monate alt ist.« Ich nahm eine meiner Teigtaschen und biss hinein. »So gut«, murmelte ich zwischen zwei Bissen.

»Ich weiß. Sarahs Teigtaschen sind ein Traum. Ich habe meine schon aufgegessen.«

Bevor Zoe an unserem Tisch ankam, blieb Isobel Martin auf ihrem Weg nach draußen neben uns stehen. »Guten Morgen, meine Damen. Wie geht es euch?«

»Bestens, Isobel, und dir?«, gab Moira zurück.

Ich streckte kauend den Daumen nach oben.

»Mir geht es gut. Ich habe gehört, dass es weiterhin Probleme mit den Zaubersprüchen gibt. Ich hatte gestern Nachmittag sogar selbst ein kleines Problem«, bemerkte Isobel und stemmte eine Hand in die Hüfte. Der kleine Dutt auf ihrem Kopf wackelte leicht, als sie ziemlich energisch nickte.

»Ich wirke im Moment gar keine Zauber. Du etwa?«, fragte ich.

Isobels Augen weiteten sich leicht. »Ich wusste nicht, dass wir alle aufhören sollten. Ich dachte, das wäre nur eine Laune der Natur.«

Moira schaltete sich ein. »Ich glaube, wir dachten alle, es wäre eine Laune der Natur. Nur scheint diese Laune nicht aufzuhören. Ehrlich gesagt weiß ich nicht, ob es das Beste ist, gar keine Zauber zu wirken oder nur bei kleinen zu bleiben.«

»Ich habe nur versucht, einer meiner Pflanzen ein bisschen unter die Arme zu greifen«, erklärte Isobel eilig. Isobel war eine Hexe aus einer Familie ohne allzu viel Macht. Sie war stolz darauf, Teil der Hexengemeinschaft zu sein und wollte bei allem, was vor sich ging, mitmachen.

»Ich denke, es ist sinnvoller, wenn wir uns an kleine Zauber halten, einfach um zu sehen, was passiert. Aus diesem Grund ist es gut, dass du etwas versucht hast«, bot ich an. »Was ist mit deinem Zauber passiert?«

»Er ging einfach daneben und landete in der Nähe der Pflanze, mehr nicht. Haben wir eine Ahnung, was die Probleme verursachen könnte?«, fragte Isobel.

Moira und ich zuckten gleichzeitig mit den Schultern. »Keine Ahnung«, sagte ich.

Ich wusste – weil Moira und ich gestern Abend darüber geschrieben hatten –, dass Moira genauso wenig Ahnung hatte wie ich.

»Na ja, hoffen wir, dass es sich bald von selbst erledigt. Vielleicht ist es nur eine atmosphärische Sache«, schlug Isobel vor.

»Atmosphärisch?«, fragte Moira.

»Weißt du, wie das Wetter. Wir hatten gestern Nacht Wetterleuchten«, erklärte Isobel.

»Wetterleuchten? So heiß war es doch gar nicht. Wann und wo hast du das gesehen?«, fragte ich.

In diesem Moment kam Zoe an unseren Tisch. Ihre braunen Locken hüpften ihr um die Schultern, als sie sich auf den verbliebenen Stuhl auf der gegenüberliegenden Seite des Tisches setzte, wo Isobel stand. Sie stieg direkt ins Gespräch ein. »Ich habe die Blitze auch gesehen. Total seltsam. Denn du hast recht, so heiß ist es noch nicht.«

»Es war draußen über dem Meer«, fügte Isobel hinzu. »Zumindest habe ich es dort gesehen. Und du?« Ihre Augen wanderten zu Zoe.

»Bei mir auch. Von der oberen Etage unseres Hauses können wir das Meer sehen.«

»Na, das ist aber seltsam«, murmelte ich.

»Mädels, es ist immer schön, euch zu sehen, aber ich muss los. Ich habe heute noch Besorgungen zu erledigen.« Isobel eilte davon.

Ich warf Zoe einen Blick zu. »Bist du sicher wegen des Blitzes?«

Zoe zuckte mit den Schultern. »So hat es jedenfalls ausgesehen. Ich stimme dir zu, es ist schon etwas seltsam, denn für Wetterleuchten ist es noch nicht wirklich heiß genug. Wer weiß? Wie bei allem anderen denke ich, es ist das Beste, wenn wir einfach abwarten.« Zoe sah Moira an. »Ich weiß, du kannst es nicht lassen, herauszufinden, was los ist«, neckte sie sie, bevor sie innehielt, um an ihrem Kaffee zu nippen. Sie blickte zu mir und grinste. »Danke. Du hast meinen Kaffee und einen Popover übernommen, laut Sarah. Sie meinte, ich dürfte auch mehr als einen haben, aber ich versuche gerade, die Babypfunde loszuwerden.« Zoe klopfte sich auf die Hüfte.

»Du hast die Babypfunde doch schon längst runter«, beharrte Moira. »Abgesehen davon, dass du einen schönen runden Bauch hattest, hast du während der Schwangerschaft kaum zugenommen.«

Zoe verdrehte kräftig die Augen. »Ein Segen, dass du meine Freundin bist. Aber glaub mir, ich habe zugenommen.«

»Wie geht es der kleinen Betsey?«, fragte ich.

Zoe holte sofort ihr Handy hervor und zeigte eine Reihe von Fotos. Die Tochter von Zoe und Daniel war einfach zuckersüß. Sie hatte die Locken ihrer Mutter und die braunen Augen ihrer beiden Eltern.

»Mama sagt, ich soll nicht zu ungeduldig darauf warten, dass sie krabbelt, aber ich kann es kaum erwarten.«

»Dann wirst du ihr überall hinterherjagen. So hört man es zumindest«, kommentierte ich.

Zoe lächelte. »Da bin ich mir sicher. So energiegeladen, wie sie ist, wird sie mich bestimmt total auslaugen, aber ich werde jede Minute davon lieben.«

»So sehr wie du es liebst, wieder Kaffee trinken zu dürfen?«, neckte ich sie.

Wir tranken unseren Nachmittagskaffee aus, während wir über Gott und die Welt plauderten. Wir hatten dies als fast wöchentliches Treffen für uns drei eingeführt, seit ich wieder in die Stadt gezogen war. Es war schön, mich wieder im Leben in Charm Cove einzuleben. Mein Job lief gut und meine Beziehung mit Donovan schien sich in eine positive Richtung zu entwickeln.

Als wir aufbrachen, überquerten wir zu dritt gemeinsam den Dorfanger, weil Moira uns in ihrem Laden ein paar neue Tränke zeigen wollte. Als wir am Brunnen vorbeikamen, blickte Zoe in meine Richtung und fragte: »Werden noch irgendwelche Wünsche wahr?«

»Nicht, dass ich wüsste. Ich konnte sicher am Brunnen vorbeigehen, wenn Fremde, die keine Hexen und Hexenmeister sind, hier waren, und nichts ist passiert«, erwiderte ich mit einem Grinsen.

Zoe bezog sich auf die vorübergehende Welle von Wunscherfüllungen, nachdem ich kurz nach den Feiertagen aus einer Laune heraus angehalten hatte, um mir an diesem Brunnen etwas zu wünschen. Der Brunnen war unter Hexen und Hexenmeistern für seine Fähigkeit, Wünsche zu erfüllen, legendär. Die Kraft sollte eigentlich nur für Hexen und Hexenmeister wirken, und selbst das war ziemlich unregelmäßig.

Durch meine elektrischen Kräfte und die des Hexenmeisters, der sich an jenem Abend auf dem Dorfanger versteckt hielt, hatten wir am Ende zur gleichen Zeit Zauber gewirkt. Die Hypothese war, dass dieser Zufall den Motor des uralten Zaubers für eine kurze Zeit sozusagen auf Touren gebracht hatte. Nicht, dass es jemand wirklich wusste, aber an Spekulationen mangelte es in der übernatürlichen Gemeinschaft von Charm Cove nie. Ich blickte auf den kunstvollen

Granitbrunnen hinab, der einst eine Pferdetränke gewesen war, und zuckte mit den Schultern. »Ich glaube, jetzt ist er wieder ein ganz normaler, alter Brunnen. Auch wenn es mir Sorgen bereitet hat, hat es irgendwie Spaß gemacht, solange es anhielt.«

Moira lachte leise. »Ja. Spaß ist besser als Leichen, die im Brunnen auftauchen.«

Zoe schüttelte den Kopf. »Armer Alvin.«

Wir gingen weiter und ich fügte hinzu: »Das ist es, was ein Stolperzauber anrichten kann.«

Alvin war ein inzwischen verstorbener Mann, der sein Ende fand, nachdem ihm die Kombination aus seiner aufgeflogenen Dreiecksbeziehung, einem Stolperzauber und Trunkenheit zum Verhängnis geworden und er im Brunnen gelandet war. Meine Mutter hatte danach einen Reinigungszauber im Brunnen gewirkt, um zu verhindern, dass seine Präsenz zurückblieb.

Als wir die andere Seite des Dorfangers erreichten und auf dem Bürgersteig anhielten, um den Verkehr vorbeizulassen, grollte ein Donner am Himmel. Die Sonne wurde schnell verdeckt, während wir drei gemeinsam zum Himmel blickten. Der sonnige Frühlingsmorgen wurde fast augenblicklich wolkig und bedeckt. Die Wolken waren dunkel und sahen bedrohlich aus, von der Art, die man sieht, bevor mitten im Sommer ein Gewitter losbricht. Nicht, dass es im Frühling keine Gewitter gäbe, aber sie waren in der Regel sanfter.

Wir sahen zu, wie ein Blitz über den Himmel zuckte. Silbriggoldene, zackige Blitze schimmerten durch die dunklen Wolken, und sofort folgte ein weiteres Donnergrollen, bevor der Blitz erneut zischte. Ich wechselte einen Blick zwischen Zoe und Moira und öffnete den Mund, um zu bemerken, wie seltsam das war, als der Himmel buchstäblich seine Schleusen öffnete und anfing, den Regen wie aus Eimern auf uns zu schütten.

»Lasst uns reingehen!«, schrie ich stattdessen, wobei meine Worte über dem von oben herabprasselnden Regen selbst für meine eigenen Ohren kaum hörbar waren.

Wir hetzten über die Straße und drängten uns unter die kleine Markise über dem Eingang von Persnickety Potions & Gifts, dem Familienladen, den Moira leitete. Mit ihren vom Regen nassen Händen ließ Moira ihre Schlüssel fallen. Beim zweiten Versuch bekam sie die Tür aufgeschlossen, und wir stürmten hinein.

Atemlos und durchnässt von vielleicht nicht mehr als sechzig Sekunden im Regen standen wir drei da und tropften Wasser auf den Teppich. Moira lehnte sich erschöpft an die Tür.

»Was zur Hölle?«, murmelte Zoe, während sie sich die nassen Locken aus dem Gesicht strich.

KAPITEL VIER

»Erinnere mich noch mal, was ist das für eine Veranstaltung, zu der wir gehen?«, fragte Donovan, während er fuhr.

»Das ist die jährliche Theateraufführung der Gemeinde von Charm Cove.«

»Führen die immer *Ein Sommernachtstraum* im Frühling auf?«, scherzte er und blickte zur Seite, als er an einem Stoppschild hielt.

Ich verdrehte die Augen, lachte und schüttelte den Kopf. »Nein. Die Theater-AG der Highschool stimmt darüber ab, welches Stück sie aufführen will. Dieses hier ist zufällig die Wahl für dieses Jahr.«

»Oh, sind es nur die Schüler?«

»Die Theater-AG macht mit, aber es gibt auch Leute aus der Gemeinde, die für Rollen vorsprechen. Alles in allem ist es eine lustige Sache.«

Wir waren auf dem Weg zur Theateraufführung der Gemeinde. Gerade erst in diesem Jahr hatte die Stadt eine Feierlichkeit wieder aufleben lassen, die einst ein jährliches Frühlingsfest gewesen war. Dies war das erste Jahr, in dem die Stadt das Festival wieder veranstaltete. Da das jährliche Theaterstück der Highschool auf dieselbe Zeit fiel, beschloss der Stadtrat, es in die allgemeine Festivalplanung mit einzubeziehen.

Donovan und ich gingen hin und wir würden mit Sicherheit nicht allein sein. Ich rechnete damit, so ziemlich jeden zu sehen, den ich in der Stadt kannte.

Als Donovan in den Wicked Way einbog, bemerkte er: »Du hast mich gewarnt, dass die Parkplatzsuche schwierig werden würde. Irgendwelche Vorschläge?«

»Oh, ja. Lass uns hinter Beauty Bewitched parken. Ich habe vergessen dir zu sagen, dass Opal mir getextet hat, um mir mitzuteilen, dass sie ein paar Parkplätze für die Familie freigehalten hat.«

»Gut mitgedacht von ihr.« Donovans Augen überflogen die überfüllten Straßen.

Wegen des Theaterstücks und des Festivals war die gesamte Innenstadt für alles außer dem Fußgängerverkehr gesperrt worden. Auf der Grünfläche würde es Spiele und Essen geben, und es würden Stände mit Kunsthandwerk aufgebaut. Glücklicherweise schien es eine Pause von dem schlechten Wetter zu geben, das Charm Cove in den letzten Tagen heimgesucht hatte.

Als ob er meine Gedanken lesen könnte, sagte Donovan: »Wenigstens ist der Himmel vorerst klar.«

»*Vorerst* ist hier das Stichwort«, antwortete ich mit einem Seufzer. »Bei unserem Glück bekommen wir heute Abend irgendwann noch Donner und Blitz und einen weiteren Wolkenbruch. Ich wünschte wirklich, wir hätten eine Ahnung, was hier los ist.«

»Ich weiß. Obwohl es nur etwa fünfzehn Minuten waren, hat es gestern so stark geregnet, dass es die Setzlinge, die wir im neuen Teil des Obstgartens gepflanzt hatten, völlig zerstört hat.«

»Meine Mutter war wegen ihrer Blumen ganz aufgebracht. Sie konnte einen Zauber wirken, damit sie sich wieder erholen, aber sie konnte ihn nur wirken, wenn mein Vater direkt danebenstand, um ihn abzuschwächen, damit er nicht außer Kontrolle geriet«, bemerkte ich.

»Ist so etwas schon einmal vorgekommen?«, fragte Donovan, als er auf den Parkplatz hinter Beauty Bewitched abbog.

»Warte mal«, sagte ich, öffnete die Tür, entfernte einen der orangefarbenen Kegel, die Opal auf den Parkplatz gestellt hatte, und deutete Donovan dann an, in die freie Lücke zu fahren. Während er parkte, ging ich um die Rückseite seines Wagens, um auf ihn zu warten. Ein kurzer Blick umher verriet mir, dass die meisten aus meiner Familie hier geparkt hatten, denn ich erkannte ihre Autos.

Donovan stieg aus, steckte seine Schlüssel ein und stellte sich neben mich. Ich blickte auf und beantwortete schließlich seine Frage. »Nicht, dass ich wüsste. Ich habe meine Mutter danach gefragt. Natürlich wird sie jetzt ein wenig nachforschen und sehen, was sie in all den Geschichtsbüchern, die sie aufbewahrt, finden kann.«

Meine Mutter war eine weltbekannte Ahnenforscherin und Geschichtsliebhaberin. Jedenfalls in der Welt der Hexen. Sie besaß Horden über Horden von Büchern über Hexen- und Hexenmeisterfamilien, die Jahrhunderte zurückreichten. Sie verfolgte auch die Geschichte der Zauberanwendung und der Kräfte. Wenn also jemand herausfinden konnte, ob ein solches Problem mit den Zaubern und dem Wetter schon einmal vorgekommen war, dann sie.

»Komm. Wir sollten zur Aula der Highschool gehen, damit wir hoffentlich einen guten Platz bekommen. Ich möchte Celia und Delia sehen können.«

Donovan nahm meine Hand, als wir schnell die Straße entlanggingen. Autos säumten beide Seiten der Straße bis hinunter zur Highschool, die nur wenige Blocks von der eigentlichen Innenstadt entfernt war, wo sich all die Geschäfte und Restaurants befanden.

Wir strömten in die Aula, und ein leises Stimmengewirr erfüllte den großen Raum. Ich überflog das Publikum und sah, wie mein älterer Bruder Liam winkte und auf zwei leere Plätze neben sich und Moira zeigte. Ich zog an Donovans Hand und sagte: »Komm. Lass uns zu den Plätzen gehen, bevor jemand versucht, sie zu klauen.«

Donovans Kichern drang an mein Ohr, als er antwortete: »Jemand würde wirklich versuchen, sie zu klauen? Ist das nicht ein bisschen rücksichtslos?«

»Wenn es keine Sitzplätze mehr gibt, ist alles erlaubt«, erwiderte ich, während ich mich durch die Menge hastete und mich durch die Leute schlängelte, die im Gang standen, bis ich die Reihe erreichte, in der Liam und Moira saßen.

Nach mehrmaligem »Entschuldigung«, als wir an anderen Leuten vorbeikamen, die bereits saßen, erreichten wir sie. »Oh, Gott sei Dank habt ihr die freigehalten«, sagte ich zur Begrüßung.

Liam grinste. »Natürlich haben wir euch Plätze freigehalten. Hier ist heute Abend die Hölle los.«

»Danke, Mann«, fügte Donovan hinzu. »Juliette hatte Sorge, dass sich jemand anderes die Plätze schnappen könnte. Muss man hier bei jeder Frühlingsaufführung um die Plätze kämpfen?«

Moira lachte und beugte sich um Liam herum, als er sich wieder hinsetzte. »So ungefähr. Ich nehme an, ihr parkt hinter Beauty Bewitched. Ich wollte schon vorschlagen, hinter meinem Laden zu parken, aber Liam meinte, ihr wärt wahrscheinlich schon versorgt.«

»Wir hätten jeden genommen, aber Opal hat mir versprochen, dass hinter Beauty Bewitched noch zwei Plätze frei sind.«

»Heute Abend ist es sogar noch schlimmer als sonst«, meinte Moira. »Ich glaube, das liegt daran, dass danach der Jahrmarkt stattfindet. Ich hoffe nur, das Wetter spielt nicht verrückt.«

»Darüber haben wir gerade gesprochen. Wenn das Wetter so bleibt, müssen wir irgendeinen Zauber wirken. Aber der könnte nach hinten losgehen. Das ist ziemlich ungünstig«, erwiderte ich.

»Jacob hat sich umgesehen, um zu sehen, ob er die Spuren der Zauber aufspüren kann. Er ist heute im Laden vorbeigekommen, als er die Zwillinge für das Stück heute Abend abgeholt hat. Er meinte, die Spuren sind in jedem einzelnen Bereich, wo Leute von einem schiefgegangenen Zauber berichtet haben, die gleichen. Aber er kann die Spuren nicht zuordnen«, erklärte Moira.

Donovan blickte zwischen uns hin und her und zog fragend eine Augenbraue hoch. »Spuren?«

»Unser Onkel hat die Gabe, Zaubern nachzuspüren«, begann Liam. »Er kann die Spuren verfolgen, die von demjenigen hinterlassen wurden, der einen Zauber gewirkt hat, und erkennen, welche Art von Magie eingesetzt wurde.«

»Oh, na ja, das ist eine nützliche Fähigkeit, wenn bei einem Zauber etwas faul ist«, kommentierte Donovan.

»Natürlich, aber sie ist nicht sehr nützlich, wenn er die Spuren, die er spürt, nicht identifizieren kann. Irgendwelche Ideen zu diesem ganzen stürmischen Wetter?«, fragte ich.

Liam zuckte mit den Schultern. »Schwer zu sagen. Mit dem Klimawandel und all den Verrücktheiten deswegen in den Nachrichten, fliegt es unter dem Radar, das ist sicher. Bei den Bränden im Westen und den schmelzenden Gletschern macht sich niemand allzu viele Gedanken über ein paar zusätzliche Frühlingsgewitter in Charm Cove.«

»Es sind nicht nur Brände und schmelzende Gletscher. Es gab die Überschwemmung in New Orleans und zwölf Tornados innerhalb einer Woche im Mittleren Westen. Überall ist es seltsam. Vielleicht machen wir uns völlig unnötig Sorgen um das Wetter. Wir könnten es mit unserer eigenen Version dessen zu tun haben, was auch an anderen Orten passiert«, warf Donovan ein.

»Könnte sein. Ich würde nur gerne einen Zauber wirken können, ohne mir Sorgen machen zu müssen. Ich muss ein paar Armbänder im Laden verzaubern. Ich habe Liam gesagt, dass er vorbeikommen muss, um meine Zauber zu dämpfen, damit ich sie nicht verpatze«, meinte Moira.

»Das sind alles Dinge, über die wir uns keine Sorgen machen müssen, wenn die Zauber richtig funktionieren«, sagte ich.

In diesem Moment begann das Licht im Saal zu dimmen, und ein Geräusch von Füßen, die zu den wenigen verbliebenen Plätzen eilten, war zu hören, während die Menge langsam verstummte. Die Vorhänge schlossen sich, als der gesamte Saal dunkel wurde, bevor die Lichter über der Bühne angingen.

Inmitten der leisen Erwartung öffneten sich die Vorhänge langsam.

———

Als das Klatschen verklang, gingen die Lichter vorne wieder an für eine weitere Verbeugung der Darsteller. Die Menge im Saal jubelte als Antwort.

Als sich der Bühnenvorhang wieder schloss, beugte ich mich zu Donovan und fragte: »Was meinst du?«

Sein leises Lachen ließ ein Flattern in meinem Bauch entstehen. »Es war ziemlich gut. Die Zwillinge waren großartig.«

»Fand ich auch. Sie werden sich so freuen.«

Moira sagte etwas, und ich beugte mich vor, um sie zu hören. Genau in dem Moment gab es ein lautes Knallgeräusch, als die Deckenleuchten im Saal wieder angingen. Nach einem weiteren Knallgeräusch leuchtete jede einzelne Glühbirne hell auf. Dann sah es aus, als ob die Lichter Blitze zueinander schickten. Es war wie eine Indoor-Lichtershow über unseren Köpfen, komplett mit Zischen und Knistern.

Der Saal füllte sich mit den Geräuschen von Leuten, die bei dem Anblick ausriefen und nach Luft schnappten, bevor jedes Licht ausging und der Saal in Dunkelheit getaucht wurde. Es herrschte Pandämonium, als die Leute aufstanden und versuchten, eilig aus dem dunklen und überfüllten Saal zu kommen. Einige Stimmen riefen, dass alle ruhig bleiben sollten, aber es war vergeblich.

Donovan nahm meine Hand in seine. »Bleib bei mir«, murmelte er und beugte sich herunter, damit ich ihn hören konnte.

Liam drehte sich zu uns um, obwohl ich seine Züge in der Dunkelheit kaum erkennen konnte. »Warten wir, bevor wir irgendwo hingehen.«

»Genau das dachte ich auch, dass wir tun sollten«, antwortete Donovan.

»Was zum Teufel war das?«, fragte Moira.

»Es war eine viel aufregendere Version dessen, was letzte Woche mit den Glühbirnen im Enchanted Spirits passiert ist. Es sah auch so aus wie das, was passierte, als ich versucht habe, die Glühbirne im Haus unserer Eltern zu reparieren«, antwortete ich.

»Das wird langsam seltsam«, murmelte Liam.

»Ähm, ich glaube, es war schon längst seltsam«, warf Moira ein.

Die Menge lichtete sich. »Vielleicht sollten wir los. Ich würde gerne hinter die Bühne gehen und nach den Zwillingen sehen«, sagte ich.

»Ich nehme an, Lea und Jacob sind schon da hinten«, antwortete Moira. »Lass mich ihnen schnell eine Nachricht schreiben.«

Sie zog ihr Handy heraus, dessen Bildschirm im dunklen Saal hell leuchtete. Ihre Daumen bewegten sich schnell über den Bildschirm. Noch bevor sie ihr Handy wegsteckte, sah sie auf, ihr Gesicht vom Bildschirm beleuchtet. »Jep, sie sind schon mit den Zwillingen da hinten.«

»Dann lass uns gehen«, erwiderte Liam.

Donovans Stimme überschnitt sich mit Liams. »Es hat keinen Sinn, hier noch lange zu verweilen.«

»Aber was ist mit den Lichtern?«, fragte ich.

»Jacob bleibt hier und schaut, ob er die Zauber aufspüren kann. Willst du ein paar Reparaturen durchführen?«, fragte Moira und blickte zu Liam.

Meine Augen hatten sich an die Dunkelheit gewöhnt, und ich konnte jetzt etwas besser sehen.

Liam nickte. »Können wir auch machen. Wollt ihr bei uns warten?«, fragte er.

»Sind wir im Weg? Meine Kräfte beziehen sich darauf, Gegenstände zu bewegen, und zur Not könnte ich blockieren. Aber ich kann keine Zauber aufspüren oder irgendetwas in der Art«, antwortete Donovan.

»Ich finde, wir sollten einfach zusammenbleiben«, fügte ich hinzu.

Als die meisten Leute gegangen waren, hatten sich eine Reihe von Hexen und Hexern bei uns versammelt, während wir im Saal warteten. Meine Mutter war mit meinem Vater herübergekommen, um uns mitzuteilen, dass sie gehen würden. Da ihre Magie von ihren Büchern zu Hause abhing, wollte sie zurück, um herauszufinden, was sie über das, was hier gerade passiert war, in Erfahrung bringen konnte.

Moiras Eltern waren da, zusammen mit ihrem Bruder Cam. Er hatte die Fähigkeit, Zauber einzufangen.

»Hattest du Glück, etwas davon einzufangen?«, fragte Donovan, als Cam neben uns stehen blieb.

Cam schüttelte den Kopf. »Ich hab's versucht, aber ich wusste nicht, woher es kam. Ich brauche ein bisschen Hilfe mit der Richtung, um irgendetwas aufzufangen. Ich konnte gerade noch herausfinden, woher der Zauber gekommen sein könnte, als alles dunkel wurde.«

Jacob kam mit Celia und Delia an seiner Seite herüber. »Welche Richtung?«, fragte er sofort und griff auf, was Cam gerade gesagt hatte.

»Aus der hintersten Ecke da drüben«, erwiderte Cam und deutete dorthin.

»Meint ihr, die Luft ist rein, damit ich mit den Reparaturen anfangen kann?«, fragte Liam.

Lea schüttelte den Kopf, als sie zu uns stieß. »Hier sind zu viele Leute unterwegs. So sehr ich auch denke, dass es hilfreich wäre, glaube ich, es ist besser, wenn du mit den eigentlichen Reparaturarbeiten bis morgen wartest.«

Wir warteten eine Weile, während Jacob nach Zaubern suchte. Nachdem die Polizei zusammen mit der Feuerwehr eingetroffen war, wurde beschlossen, dass es für die Hexen und Hexenmeister das Beste wäre, sich für die Nacht aus dem Staub zu machen. Das Letzte, was irgendjemand gebrauchen konnte, war, dass die normalen Stadtbewohner wegen der Zauber und Kräfte misstrauisch wurden.

Nachdem wir alle die Aula verlassen hatten, entdeckten wir eine weitere Nebenwirkung. Oder vielleicht war das Gewitter zwischen den Glühbirnen in der Aula die Nebenwirkung. Während des Theaterstücks hatte es anscheinend einen weiteren Wolkenbruch gegeben, während alle drinnen waren. Alles war durchnässt und das Regenwasser floss in Bächen in die Gullys entlang der Gehwege.

Der frische, kühle Duft des Frühlingsregens erfüllte die Luft und es schien erst vor wenigen Augenblicken aufgehört zu haben. Ob dieses seltsame Wetter nun ein natürliches Ereignis war oder nicht, wir brauchten Antworten, und zwar bald.

KAPITEL FÜNF

Auf der Heimfahrt warf Donovan mir einen Blick zu, als er an einer Ampel anhielt, bevor er auf die Hauptstraße abbog, die am Haus meiner Eltern vorbei zu ihm führte. Er arbeitete nun schon seit Monaten an der Renovierung des alten Bauernhofs seiner Familie und hatte schon eine ganze Menge geschafft. »Soll ich dich zu Hause absetzen?«

Nach den Ereignissen des Abends fühlte ich mich unruhig. Ich sah ihn an und schüttelte den Kopf. Unsere Beziehung hatte sich weiterentwickelt, und ab und zu übernachtete ich bei ihm. Als wir vor seinem Haus hielten und aus dem Auto stiegen, atmete ich tief ein und ließ die Luft mit einem Seufzer wieder entweichen. »Es ist so friedlich«, bemerkte ich, als er um die Motorhaube herumkam und auf mich zuging, während ich auf der Schotterauffahrt stand.

»Ich weiß. Kaum zu glauben, dass wir noch vor einer Stunde dieses verrückte Gewitter im Haus miterlebt haben.«

»Ich weiß. Ich hoffe wirklich, dass alles gut wird.«

»Wird es«, sagte Donovan zuversichtlicher, als ich mich fühlte, und griff nach meiner Hand.

Als wir den Schieferweg zum Haupteingang des Bauernhauses hinaufgingen, drang ein deutliches Wimmern an meine Ohren. Ich blieb stehen und sah ihn an. Donovan hatte das Geräusch ebenfalls gehört und blickte über seine Schulter zu den Bäumen, aus deren Richtung der Laut zu kommen schien.

Das Geräusch ertönte erneut, mit einem winzigen kleinen Fiepen am Ende. »Das klingt wie ein Hund«, sagte ich langsam.

»Allerdings«, erwiderte Donovan.

Gemeinsam verließen wir den Weg. Unsere Schritte wurden vom Gras gedämpft, als wir auf das Geräusch zugingen. Als wir den Waldrand erreichten, raschelte es, und dann tauchte ein kleiner Hund auf. Er war im schwachen Lichtkegel der Außenbeleuchtung des Hauses und dem bisschen Mondlicht darüber nur schemenhaft zu erkennen.

»Oh, er sieht aus wie ein kleiner Welpe«, sagte ich und kniete mich ins Gras.

Der kleine Hund näherte sich mir vorsichtig, wobei sein Schwanz wedelte, als wäre er sich unserer nicht ganz sicher. Bei genauerem Hinsehen schien der Hund schmutzig-blond zu sein. Der Hund warf sich auf den Boden und streckte uns seinen Bauch entgegen. »Na, es ist eine Hündin«, bemerkte ich.

Ich hielt dem Welpen meine Hand zum Schnüffeln hin. Sie schien eine Art Labrador-Mischling zu sein. Ihr Fell war klatschnass und sie zitterte. Ich blickte zu Donovan auf, als der Welpe an meinem Handrücken schnüffelte und meine Hand leckte, bevor er sich wieder aufrichtete und an meine Seite huschte.

»Wir müssen sie mit reinnehmen«, sagte ich.

Donovan bewies, dass er der gute Mensch war, für den ich ihn hielt, und zögerte nicht eine Sekunde. »Natürlich. Ich hole ein Handtuch, und dann trocknen wir sie ab. Meinst du, sie gehört jemandem?«

Während ich sie in meine Arme hob und die Knochen spürte, die sich durch ihr Fell abzeichneten, als sie sich zitternd an mich schmiegte, antwortete ich: »Also, wenn sie jemandem gehört, dann füttert derjenige sie nicht. Sie hat kein Halsband und ist klapperdürr. Ich kann jede einzelne ihrer Rippen und wahrscheinlich jeden Knochen in ihrem Körper zählen.«

Ich folgte Donovan ins Haus, der die Lichter anknipste, den Flur entlang eilte und mit mehreren Handtüchern aus dem Gästebad zurückkam. Augenblicke später hatten wir sie abgetrocknet, und ihr

Fell stand in Büscheln ab. Da kein Hundefutter zur Hand war, kramte Donovan etwas übrig gebliebenes Hühnchen hervor und gab ihr ein paar Stücke, die sie gierig verschlang.

Ich sah auf und wollte ihn gerade fragen, ob es ihm etwas ausmachen würde, schnell zum Laden zu fahren, um Hundefutter zu holen. Donovan, der mir wieder einmal bewies, warum er ein so guter Mensch war, antwortete, noch bevor ich fragen konnte. »Ja, ich fahre zum Laden. Während ich weg bin, solltest du noch ein paar von den Hähnchenbrüsten kochen. Einfach in Wasser kochen. Es wäre auch gut, etwas einfachen weißen Reis zu kochen. Da ist welcher im Schrank neben dem Herd.«

»Reis?«

»Wir haben als Teenager mal einen Streuner aufgenommen. Das hat uns der Tierarzt geraten. Er sagte, wenn die Tiere untergewichtig sind, hilft es, Hühnchen und Reis mit dem Futter zu mischen, damit sich der Magen daran gewöhnt.«

»Wird gemacht.« Ich stand auf und schlang ihm die Arme um die Schultern. »Danke, dass du weißt, was ich fragen will, noch bevor ich dazu komme.«

Er drückte mich und trat einen Schritt zurück. »Ich liebe Hunde. Ich habe sowieso überlegt, mir einen zuzulegen, also, wenn sich herausstellt, dass sie niemandem gehört ...«, er hielt inne, als ich die Augen verengte.

»Darüber werde ich mit jemandem streiten. Sie ist am Verhungern«, sagte ich bestimmt.

Donovan nickte zustimmend. »Einverstanden. Ich bin sicher, wir können sie behalten. Also gut, ich fahre wieder in die Stadt. Du behältst sie im Auge und fängst mit dem Hühnchen und dem Reis an. Es ist wahrscheinlich nicht die beste Wahl, aber ich hole, was auch immer ich an Halsband und Leine im Supermarkt finden kann. Normalerweise haben die so etwas in der Tierabteilung«, sagte er, während er den Flur entlang zur Haustür ging.

Ich setzte mich neben die kleine blonde Hündin auf den Boden und strich ihr über das noch feuchte Fell. »Wo kommst du denn her?«

Ihr Schwanz klopfte auf den Boden. Sie sah mich an, ihre braunen Augen waren groß, aber immer noch etwas zögerlich. »Donovan meint, ich soll dir Hühnchen und Reis kochen. Warum kommst du nicht mit mir in die Küche?«

Als ich wieder aufstand, folgte sie mir ohne Weiteres. Sobald ich den Reis aufgesetzt hatte und er zusammen mit dem Hühnchen im Wasser nach Donovans Anweisungen auf dem Herd köchelte, ging ich nach oben, die Hündin direkt auf meinen Fersen. Donovan und ich waren nicht ständig zusammen, aber ich hatte hier sicherlich mehr als eine Nacht verbracht, also wusste ich, wo der Wäscheschrank war.

Donovan hatte bei der Renovierung dieses Hauses riesige Fortschritte gemacht. Alle Böden waren neu aufgearbeitet und die Wände neu gestrichen worden. Das alte Bauernhaus im Kolonialstil begann zu glänzen. Meine Schritte hallten auf den Hartholzböden im Obergeschoss wider, als ich neben dem riesigen Schrank im Flur stehen blieb.

»Fürs Erste tut es auch eine Decke«, sagte ich beiläufig zu der Hündin und zog eine große, flauschige Baumwollsteppdecke hervor, die ich ihr als Bett in die Küche legen wollte, während ich ihr Hühnchen mit Reis zubereitete.

Als Donovan mit dem Hundefutter, zwei passenden Näpfen, einem Hundebett, einer Leine und einem Halsband zurückkehrte, war ich gerade dabei, das Hühnchen in Streifen zu reißen und es unter den Reis zu mischen.

»Perfektes Timing«, sagte ich und blickte über die Schulter, als ich seine Schritte im Flur hörte. »Bitte sag mir, dass es nicht wieder geregnet hat. Ich habe keinen Donner gehört.« Ich spülte meine Hände im Waschbecken ab und lehnte mich mit der Hüfte gegen die Anrichte, während ich sie an einem Geschirrtuch abtrocknete.

Das kleine blonde Mädchen, wie ich sie in Gedanken inzwischen nannte, war aufgestanden und wedelte im Kreis um Donovans Beine, während er seine Sachen auf dem kleinen runden Tisch bei den Fenstern in der Küche abstellte.

Er beugte sich hinunter, um sie zu begrüßen, bevor er sich wieder aufrichtete und in meine Richtung blickte. »Kein Donner, keine Blitze, kein Regen.« Er sah zu der Decke, auf der die Hündin gerade noch zusammengerollt gelegen hatte. »Ich sehe, wir hatten dieselbe Idee. Dann legen wir die Decke einfach auf das Bett«, sagte er mit einem Grinsen, riss das Etikett vom Hundebett und legte es auf den Boden.

Nachdem er die Decke zu einem Nest geformt hatte, kletterte die Hündin sofort darauf, kuschelte sich ein und ihr Schwanz klopfte gegen den Rand des Bettes.

»Sollen wir ihr nur den Reis und das Hühnchen geben oder auch ein bisschen Futter?«, fragte ich.

»Lass uns ein wenig Futter und etwas Wasser dazugeben. Das hat meine Mutter für ein paar Wochen auch so gemacht, als wir den Streuner gefunden haben.«

Einen Moment später stellte Donovan der Hündin das Festmahl hin. Sie stand auf und inhalierte es praktisch, bevor sie an dem Wasser leckte, das er neben das Futter gestellt hatte.

Mir schnürte es die Kehle zu, als ich zusah. »Sie ist hungrig. Vielleicht sollten wir ihr mehr geben«, bemerkte ich, als sie erwartungsvoll aufblickte und ihre Augen zwischen uns hin und her huschten.

»Ich glaube, das ist genug für ihre Größe. Ich schätze, sie wiegt höchstens zwanzig Pfund. Wir füttern sie morgen früh wieder«, sagte er, beugte sich vor und drückte mir einen Kuss auf die Wange. »Keine Sorge. Sie wird schon noch zunehmen.«

»Wir müssen ihr einen Namen geben.«

»Wie willst du sie denn nennen?«, fragte Donovan.

Wir sahen zu, wie sie sich wieder auf ihr Bett plumpsen ließ und erneut mit dem Schwanz wedelte. Ihr Fell begann endlich zu trocknen.

»Sunshine«, sagte ich.

»Sunshine?«

»Ja. Weil sie blond ist, irgendwie, und weil sie nach dem Regen aufgetaucht ist.«

»Das passt auch zu ihrem Wesen«, sagte Donovan mit einem langsamen Grinsen.

»Dann also Sunshine«, sagte ich, kniete mich neben sie und streichelte ihr zwischen den Ohren.

KAPITEL SECHS

Am nächsten Tag ließ ich mich mit einer Tasse Kaffee von Magic Beans in meinem Büro nieder. Ich hatte vor, mir die Zeit zu nehmen, um mich in die alten Unterlagen zu vertiefen und nachzusehen, ob die Fehler, die ich in den letzten Berichten angestrichen hatte, beim selben Lieferanten auftauchten. Ich hoffte, dass dem nicht so war. Denn das würde Opal das Herz brechen.

Ganz zu schweigen davon, dass es nie angenehm war, solche Probleme zu lösen. Ich vermutete, dass Opal und der Rest meiner Familie, die Anteile an Beauty Bewitched hielten, die Sache am liebsten auf sich beruhen lassen würden, aber sie wollten den Lieferanten nicht mehr nutzen. Wir verdienten zwar eine Menge Geld mit dem Laden, aber wir mussten wissen, ob wir ihnen in Zukunft vertrauen konnten. Daher konnten wir es nicht einfach ignorieren.

Mein Buchhaltungsbüro befand sich in dem Gebäude, das meiner Familie gehörte. Good Investments war ein weitläufiges Unternehmen, das Anlageportfolios verwaltete, zusätzlich zur Zusammenarbeit mit der Familie Wicked in der Immobilienverwaltung, der Verwaltung der Leuchtturmanlagen und einiger anderer historischer Gebäude in Charm Cove und den umliegenden Gemeinden. Wir kümmerten uns auch um die Instandhaltung der Stadt, wozu auch die Verwaltung der Straßeninstandhaltung für Charm Cove gehörte.

Ich liebte mein kleines Büro. Es war klein und lag versteckt in einer Ecke im Obergeschoss. Das Gebäude lag an einem Ende der Good Lane und bot einen Blick auf den Atlantischen Ozean hinter der eigentlichen Stadt und durch ein anderes Fenster einen Blick auf den Stadtpark.

Dieser Morgen war bisher alles in allem ziemlich ereignislos verlaufen. Ich war besonders dankbar, im Gebäude meiner Familie zu arbeiten, weil ich Sunshine mitbringen konnte. Sie machte gerade ein Nickerchen zu meinen Füßen in dem Hundebett, das meine Mutter heute Morgen bei unserer Ankunft gekauft hatte. Meine Mutter hatte erklärt, der Teppich sei für Sunshine nicht bequem genug. Meine Mutter hatte ein weiches Herz und es machte mir nicht das Geringste aus.

Donovan hatte noch ein paar Projekte in seinem Haus laufen, also war es das Beste, wenn Sunshine ihm nicht im Weg war. Ich warf einen Blick zu ihr hinüber und lächelte, als ich sah, dass sie in einem Sonnenfleck, der durch das Fenster fiel, tief und fest schlief. Wir hatten bereits den örtlichen Tierarzt angerufen und für morgen einen Termin vereinbart, um sie durchchecken zu lassen, ihre Impfungen zu erledigen und zu sehen, ob sie einen Mikrochip hat.

Ich nahm einen Schluck Kaffee und machte mich an die Arbeit. Stunden später lehnte ich mich mit einem Seufzer in meinem Stuhl zurück. In diesem Moment steckte meine Mutter ihren Kopf um die Ecke meiner Bürotür.

»Wofür war denn dieser Seufzer, mein Schatz?«, fragte sie.

»Na ja, es war ein anstrengender Tag und meine Neuigkeiten sind durchwachsen.«

»Bevor du dazu kommst«, sagte meine Mutter, als sie mein Büro betrat, »muss ich erst einmal Sunshine begrüßen.«

Sunshines Kopf schnellte hoch. Sie schien ihren Namen schnell zu lernen. Sie stand von ihrem Bett auf und ging zu meiner Mutter, um sie mit Schwanzwedeln und Wackeln zu begrüßen.

Nach einer Streicheleinheit setzte sich meine Mutter auf den Stuhl gegenüber von meinem Schreibtisch. »Okay, fangen wir mit den schlechten Nachrichten an.«

»Dieser Lieferant hat uns die letzten zwei Jahre so betrogen, aber es war minimal, bis vor etwa sechs Monaten.«

»Und was sind die guten Nachrichten?«, fragte meine Mutter und zog die Augenbrauen hoch.

»Dass es nur so lange her ist. Ich hatte befürchtet, dass es Jahre und Aberjahre zurückreichen würde. Das tut es nicht. Obwohl die alten Buchhaltungsberichte größtenteils auf Papier sind, konnte ich sie ziemlich schnell abgleichen, indem ich eine Tabelle erstellt habe, um die Einkäufe und Lagerlieferungen zu überprüfen. Ich bin ein Jahrzehnt zurückgegangen. Ich kann noch weiter zurückgehen, aber ich glaube nicht, dass es nötig ist.«

Meine Mutter verzog den Mund, während sie mit den Fingerspitzen auf die Armlehne ihres Stuhls trommelte. »Warum mussten sie das nur tun? Wir arbeiten schon seit Jahren mit ihnen zusammen.«

»Ich weiß es nicht. Offensichtlich hatte ich noch nicht viel Zeit, das zu untersuchen, aber ich habe eine schnelle Suche durchgeführt, um zu sehen, ob sie im letzten Jahr oder so irgendwelche geschäftlichen Veränderungen vorgenommen haben. Abgesehen davon, dass ihre Tochter die Leitung übernommen hat, ist das Einzige, was aufgetaucht ist, dass sie diesem Investitionskonsortium für den Windpark direkt außerhalb der Stadtgrenzen hier beigetreten sind. Ich weiß zwar nicht, was das mit all dem zu tun haben könnte, aber es war eine bedeutende Investition für sie.«

»Hm. Das ist allerdings merkwürdig«, überlegte meine Mutter. Sie schüttelte leicht den Kopf. »Ich nehme an, du wirst mit Opal reden.«

»Natürlich. Ich werde sehen, was sie tun will. Im Moment neige ich dazu, die Sache auf sich beruhen zu lassen. Ich will sehen, ob es weitergeht.«

»Glaubst du, Opal ist bereit zu warten?«

»Ja, das denke ich. Irgendetwas stimmt hier nicht. Wenn wir sie wissen lassen, was wir herausgefunden haben, haben wir vielleicht keine Chance mehr, es herauszufinden, weil sie dann ihre Spuren besser verwischen werden.«

»Guter Punkt.«

Ich drehte mich in meinem Stuhl um und tippte auf meine Tastatur, um meinen Computer herunterzufahren.

»Was machst du heute Abend?«, fragte meine Mutter mit einem Funkeln in den Augen.

»Ich weiß nicht. Warum fragst du?«

»Nun, glaubst du, du musst dir immer noch eine Bleibe suchen, oder könntest du vielleicht bei Donovan einziehen?«

Meine Wangen wurden leicht warm, als ich in Gelächter ausbrach. »Okay, es geht also nicht um heute Abend. Ich schätze, ihr seid jetzt alle modern und ich kann einfach mit Donovan zusammenziehen?«

Meine Mutter verdrehte die Augen. »Wir sind ganz sicher modern. Du musst nicht heiraten, um zusammenzuleben.«

»Ich weiß, Mama, aber ich bin noch nicht bereit für diesen Schritt. Ich glaube, ich werde das Angebot von Moira und Liam annehmen, diesen Sommer in das alte Kutscherhaus zu ziehen, nachdem sie in ihr neues Haus umgezogen sind.«

»Das wird aber frühestens im Herbst frei.«

»Ich dachte, ihr Haus wäre diesen Sommer fertig«, antwortete ich.

»Bauarbeiten dauern immer länger als angekündigt, Liebes. Ich erwähne das wegen eines unserer Mietobjekte – des alten Gärtnerhäuschens am anderen Ende unseres Grundstücks. Du weißt doch, welches ich meine?«

»Ja, natürlich. Ist das frei?«

»Allerdings, und ich weiß, dass du es liebst. Was hältst du davon?«

»Oh, da bin ich *sofort* dabei. Die Bezeichnung ‚Häuschen‘ ist eine glatte Untertreibung dafür, was dieser Ort wirklich ist.«

Meine Mutter grinste. »Das stimmt, und die Gärten drumherum sind unglaublich. Die jetzigen Mieter ziehen Ende nächsten Monats aus. Ein Teil ihrer Kaution wird für die Endreinigung verwendet. Sobald das erledigt ist, kannst du einziehen.«

»Das wird perfekt«, erwiderte ich und klatschte leise in die Hände. Bei dem Geräusch wurde Sunshine hellhörig und kam herbeigeeilt, wobei ihr Schwanz aufgeregt gegen die Seite meines Schreibtisches klopfte.

Lachend beugte ich mich hinunter, um ihr über den Rücken zu streicheln.

Meine Mutter fragte: »Du behältst Sunshine also?«

»Das habe ich vor. Ich glaube, Donovan würde sie sich gerne mit mir teilen, und das passt für mich. Wenn jemand versucht, sie für sich zu beanspruchen, werde ich darum kämpfen. Sie war am Verhungern. Ich nehme an, ich darf sie mit in das Häuschen nehmen.«

»Natürlich.«

Genau in diesem Moment summte mein Handy. Ich beugte mich vor und zog es auf dem Schreibtisch näher zu mir heran, um eine SMS von Opal auf dem Bildschirm zu sehen.

Gibt es Fortschritte bei deiner Recherche?

Ich sah zu meiner Mutter auf und sagte: »Opal will ein Update. Ich glaube, das rechtfertigt einen Anruf.«

Meine Mutter stand auf und strich sich die Hose glatt. »Ruf sie an. Sag ihr, dass ich schon mit deinem Vater gesprochen habe und wir unterstützen, was auch immer sie in dieser Angelegenheit für das Beste hält.«

Nachdem meine Mutter mein Büro verlassen hatte, tippte ich auf den Bildschirm, um Opal anzurufen, die sofort abnahm. »Da du anrufst, nehme ich an, du hast Neuigkeiten für mich«, sagte sie zur Begrüßung.

»Die habe ich in der Tat.« Ich brachte sie schnell auf den neuesten Stand. »Mom war gerade hier und wollte dich wissen lassen, dass sie hinter dir stehen, egal wie du dich entscheidest.«

Obwohl Opal den Laden leitete, gab es eine Reihe von Mitgliedern der Familie Good, die finanziell daran beteiligt waren. Daher mussten alle Beteiligten bei der Entscheidung zu Rate gezogen werden.

»Ich denke, es ist am besten, wenn wir abwarten. Da es noch nicht allzu lange so geht, würde ich die Sache gerne noch eine Weile beobachten, um herauszufinden, warum sie das tun.«

»Ich habe es auf jeden Fall auf dem Schirm und werde es genau beobachten.«

»Natürlich wirst du das. Ohne dich wüssten wir nicht einmal, dass das hier vor sich geht. Ich kann dir gar nicht sagen, wie sehr ich deine Arbeit schätze.«

Nach meinem Telefonat mit Opal machte ich mich auf den Weg zum Tierbedarfsgeschäft Charming Pet Supply. Obwohl Donovan sich bereits um ein Hundebett und ein Halsband für Sunshine gekümmert hatte, wollte ich noch Leckerlis und andere Sachen für sie besorgen. Als ich parallel zur Dorfaue lief und leicht mit der Hand über den schmiedeeisernen Zaun strich, der sie umgab, erregte eine abrupte Bewegung meine Aufmerksamkeit.

Meine Aufmerksamkeit wurde auf ein kleines Rasengrundstück zwischen zwei alten Häusern gelenkt, die zur Aue hin ausgerichtet waren. Dieses Grundstück war früher ein Innenhof gewesen und im Laufe der Jahre in verschiedene Dinge umgewandelt worden. Erst letztes Jahr wurde es zu einem Gemeinschaftsgarten mit kleinen Parzellen für Leute, die sich für die Nutzung des Platzes angemeldet hatten.

Beatrice Powers stand neben einer anderen Hexe, Frances Howe. Frances hatte vor Kurzem ein kleines Unternehmen für biologische Landwirtschaft gegründet. Sie verkaufte Produkte an gehobene Restaurants in Charm Cove und Umgebung und bediente das Konzept »vom Hof auf den Tisch«.

Beatrice sah wütend aus. Ich war mir auch ziemlich sicher, dass sie gerade irgendeinen Blockierungszauber gewirkt hatte. Ein Nebeneffekt meiner elektrischen Kräfte war, dass ich Spuren von Zaubern in der Luft sehen konnte, kurz nachdem sie gewirkt worden waren. Diese Fähigkeit verriet mir rein gar nichts, außer dass ein gültiger Zauber gesprochen worden war. Es war meine Empfindlichkeit für Elektrizität, die mir diesen zusätzlichen Vorteil verschaffte. Als ich zu Beatrice blickte, schimmerte die Luft um ihre Hände von der Restenergie des Zaubers, den sie gerade gewirkt hatte.

Ich schaute nach links und rechts, bevor ich die Straße überquerte, um herauszufinden, was los war. Als ich den Gemeinschaftsgarten betrat, sah ich mich um und war angenehm überrascht, all die ordentlichen Reihen zu sehen, in denen das Wachstum einsetzte, wo die Leute ihre Frühjahrspflanzung vorgenommen hatten.

Beatrice blickte über die Schulter. »Oh, hallo, Juliette.«

»Ist alles in Ordnung?«, fragte ich.

Beatrice richtete ihren scharfen Blick wieder auf Frances, die besorgt aussah, mit gerunzelter Stirn und leicht geweiteten Augen.

»Ich nehme an, das kommt darauf an, was du unter ‚in Ordnung‘

verstehst«, sagte Beatrice. »Ich habe Frances hier gerade davon abgehalten, einen Todeszauber auf diesen gesamten Gemeinschaftsgarten zu wirken. Sie bestreitet es, aber ich weiß, was ich gesehen habe, und ich kenne diesen Zauber gut.«

Frances schluckte und blickte nervös von Beatrice zu mir. »Ich schwöre, ich …«

Ich fiel ihr ins Wort. »Frances, ich bin nicht sicher, welchen Zauber du gewirkt hast, aber Jacob Good kann in wenigen Minuten hier sein, um ihn zurückzuverfolgen. Es hat keinen Sinn zu lügen.«

Frances' Augen verengten sich, und sie schnaubte. »Na schön. Und was wollt ihr jetzt dagegen tun?«, konterte sie, wobei ihr Tonfall blitzschnell von nervös zu mürrisch wechselte.

Beatrice verschränkte die Arme und sah in jeder Hinsicht aus wie die uralte, mächtige Hexe, die sie war. »Du führst etwas im Schilde. Ganz zu schweigen davon, dass dein Zauber ohne meinen Blockierungszauber einwandfrei funktioniert hat. In den letzten ein oder zwei Wochen gab es keinen einzigen Zauber ohne Probleme. Stecks du hinter diesem ganzen Schlamassel?«

Frances' mürrischer Blick verschwand auf der Stelle, und ihr fiel die Kinnlade herunter. »Oh, du meine Güte! Nein. Ich fasse es nicht, dass du mich dessen überhaupt beschuldigen würdest, Beatrice. Wir kennen uns seit Jahren.«

»Das tun wir. Aber ich würde uns nicht als enge Freundinnen bezeichnen«, erwiderte Beatrice mit scharfem Ton.

Frances schnaubte und verschränkte die Arme. »Das ist lächerlich. Ich will ehrlich sein. Ich möchte nicht, dass dieser Gemeinschaftsgarten mein ‚Vom-Hof-auf-den-Tisch'-Geschäft stört.«

Beatrice kniff die Augen zusammen, ihr Blick schweifte in einem Bogen über das Grundstück. »Wie dem auch sei, ich bin nach wie vor neugierig, wie du diesen Zauber ohne Probleme wirken konntest.«

Frances warf die Hände in die Luft und ließ sie mit einem weiteren Schnauben fallen. »Ich habe nichts getan. Ich bin nicht die mächtigste Hexe hier in der Gegend«, sagte sie spitz. »Ich kann mir nicht vorstellen, warum du denken solltest, dass *ich* die Fähigkeit hätte, so viele Zauber in Charm Cove zu beeinflussen.«

KAPITEL SIEBEN

Sunshine sprang durch das Zimmer in Moira und Liams Remise, ein einziges Energiebündel voller Aufregung, das nur so wedelte und wackelte. Sie kam mit scharrenden Pfoten und etwas ungelenk vor Moiras Kater Ghost zum Stehen.

Ghost schien keine Angst vor Sunshine zu haben, aber ich konnte mir auch vorstellen, dass es für Sunshine schwer war, Angst auszulösen. Sie war einfach zu verdammt freundlich und albern. Ghost beäugte Sunshine, während sein Schwanz hin und her zuckte. Als Sunshine sich Ghosts Gesicht näherte, wurde sie mit einem schnellen Hieb auf die Nase begrüßt. Sie quietschte und wich zurück.

Liam begann zu lachen, wo er an der Kücheninsel stand. »Ich habe mich schon gefragt, was Ghost von einem Hund halten würde.«

»Glaubst du, er hat schon mal einen kennengelernt?«, fragte ich, während ich meine Handtasche auf einem Hocker an der Theke abstellte und mich mit den Hüften dagegen lehnte, um die beiden Tiere zu beobachten, wie sie sich gegenseitig musterten.

»Oh, da bin ich mir sicher«, rief Moira, als sie die Treppe herunterkam. »Ghost macht, was er will. Mit seiner Katzenklappe draußen auf der Veranda kann er kommen und gehen, wie er will. Einige unserer direkten Nachbarn haben Hunde. Er ist ein ziemlich entspannter

Kater, also glaube ich nicht, dass Sunshine ihn stören wird, solange sie ihn nicht nervt.«

Wir drei sahen zu, wie Sunshines Schwanz langsam weiterwedelte. Nach einem Moment drehte sie sich auf den Rücken und zeigte Ghost ihren Bauch. Ghost war unbeeindruckt und blieb einfach sitzen, wo er war. Als Sunshine sich wieder auf die Beine rollte und sich, diesmal weitaus vorsichtiger, nach vorne lehnte, tolerierte Ghost ihr neugieriges Schnüffeln, bevor er sich umdrehte, wegging und auf die Fensterbank sprang.

»Ich weiß nicht, ob Ghost dein Freund sein will«, sagte ich zu Sunshine, als sie aufstand und den Raum durchquerte.

»Ich bin sicher, sie wird darüber hinwegkommen«, scherzte Liam, als sie ihn begrüßte, indem sie um seine Knie kreiste, während er sie streichelte.

»Wie lief der Tierarzttermin?«, fragte Moira, als sie um die Insel herumging und eine Flasche Wein aus dem Weinregal unter der Theke sowie ein paar Gläser herausholte.

Ich ließ mich auf einen Hocker gleiten und antwortete: »Er lief gut. Sie hat keinen Mikrochip und wir müssen einen Termin für ihre Kastration vereinbaren. Sie glauben, sie war eine Streunerin und schätzen, dass sie ungefähr sechs Monate alt ist.«

Moiras Blick folgte Sunshine, während diese durch den Raum wanderte und an allem schnüffelte, was ihre Nase finden konnte. »Ich schätze, es wird einen Monat oder länger dauern, bis sie ein gesundes Gewicht erreicht hat«, kommentierte sie.

»Das hat die Tierärztin auch gesagt. Sie hat mir einen empfohlenen Fütterungsplan gegeben.«

»Kommt Donovan auch?«, fragte Liam und sah zu mir herüber.

»Jep.« Ich schaute auf meine Uhr. »Sollte jeden Moment hier sein. Er meinte, er holt auf dem Weg hierher die Pizza ab.«

»Perfekt«, erwiderte Moira. »Ich verhungere und habe mich extra zurückgehalten, weil ich wusste, dass ihr beide zum Abendessen rüberkommt. Rot- oder Weißwein?«

»Ich nehme Rotwein. Setzen wir uns an den Esstisch«, kommentierte Liam, stieß sich von der Theke ab und ging zu dem runden Tisch in der Nähe.

Ich folgte, nachdem Moira mir ein Glas Wein eingeschenkt hatte. Nachdem ich mein Weinglas auf den Tisch gestellt hatte, fragte ich: »Soll ich irgendwas tun?«

Moira kam mit zwei weiteren Gläsern Wein heran. »Klar. Wenn du Teller und Servietten holen willst, hole ich das Besteck.«

Während ich den Tisch deckte und Moira einen Krug mit Wasser füllte, klopfte es an der Tür.

»Komm nur rein«, rief Liam durch den Raum.

»Ich habe die Pizza«, rief Donovan, als er mit zwei Pizzakartons, die er in einem Arm hochhielt, hereinkam. Sunshine eilte mit auf dem Hartholzboden klackernden Krallen herbei. Sie umkreiste seine Beine mit wie verrückt wedelndem Schwanz, bevor sie davonsprang, um aus den Fenstern zu schauen.

»Bring die Pizzen rüber«, erwiderte Liam.

Donovan kam zum Küchentisch und Liam nahm ihm die beiden Pizzakartons ab. »Lass mich kurz meine Jacke aufhängen. Soll ich meine Schuhe ausziehen?«, fragte er, als er sich umdrehte und aus seiner Jacke schlüpfte.

»Nicht nötig«, rief Moira als Antwort. »Du kannst deine Jacke einfach an die Haken an der Tür hängen.«

Nachdem Donovan seine Jacke aufgehängt hatte, kam er herüber. Ich winkte ihn zum Tisch. »Setz dich. Wein oder Bier?«

»Ich nehme, was alle anderen auch haben«, antwortete er leichthin.

Ich füllte ein Glas mit Rotwein und stellte es vor ihm auf den Tisch, als er sich auf den Stuhl setzte, auf den Liam gedeutet hatte. Als Donovan zu mir hochlächelte, machte mein Magen einen kleinen Hüpfer.

Ich fragte mich immer wieder, ob seine Wirkung auf mich wohl nachlassen würde, aber das schien nicht der Fall zu sein. Seine blauen Augen, gepaart mit seinen dunklen Locken und seiner allgemeinen Attraktivität, schafften es nach wie vor, meine Nerven zum Kribbeln zu bringen. Natürlich half es nicht, dass er so verdammt nett war.

»Wie war dein Tag?«, fragte er und blickte in meine Richtung.

»Mein Tag war gut. Und deiner?«

»Stressig. Ich hatte heute ein Team da, das viele Detailarbeiten an den kaputten Fliesen in der Küche und in den Badezimmern oben fertiggestellt hat. Währenddessen habe ich an den Entwurfsplänen für ein neues Bürogebäude in Portland gearbeitet«, antwortete Donovan.

»Wie kurz vor der Fertigstellung der Renovierungsarbeiten stehst du?«, fragte Liam beiläufig.

»Oh, ich komme voran. Ich würde sagen, zwischen dem Haupthaus und dem Gästehaus dauert es noch ein paar Monate oder länger«, erklärte Donovan, gerade als Moira an den Tisch kam.

Wir öffneten die Pizzakartons und bedienten uns. Nachdem wir mit dem Essen angefangen hatten, kam Donovan auf das Gespräch zurück. »Ich überlege, ob ich in das Gästehaus ziehen soll, sobald es fertig ist. Ich habe letzte Woche mit meinen Eltern gesprochen und sie haben einen Übergabetermin für ihr Haus im Norden des Bundesstaates New York.«

»Oh, das ist ja toll«, bemerkte Moira. »Sie ziehen also endlich zurück nach Charm Cove?«

Donovan nickte. »Jep. Sie freuen sich schon darauf.«

»Du überlegst also, sie im Haupthaus wohnen zu lassen?«, fragte Liam zwischen zwei Bissen Pizza.

Donovan zuckte mit den Schultern. »Ich brauche den ganzen Platz ja nicht. Das Gästehaus ist groß genug für mich. Apropos Neuigkeiten«, fuhr er fort und wechselte das Thema, »worum ging es heute in deiner Nachricht?« Sein Blick traf meinen.

»Oh, stimmt ja. Ich hatte ja noch gar keine Gelegenheit, euch allen zu erzählen, was ich heute gesehen habe«, sagte ich und blickte über den Tisch zu Liam und Moira. »Ich ging heute über den Dorfplatz und Beatrice stellte gerade Frances Howe zur Rede, weil sie sie dabei erwischt hatte, wie sie einen Zauber wirkte, um einige der Beete im Gemeinschaftsgarten absterben zu lassen.«

Moira schnappte nach Luft und ihr Mund klappte auf. »Ist das dein Ernst?«

»Vollkommen. Das ist aber nur die eine Sache. Beatrice wies darauf hin, dass es ziemlich seltsam war, dass Frances diesen Zauber ohne Probleme wirken konnte. Jetzt hat Beatrice den Verdacht, dass Frances irgendwie etwas mit den anderen schiefgegangenen Zaubern zu tun hat.«

»Ist das möglich?«, fragte Donovan.

Ich zuckte mit den Schultern. »Frances' Argument war, dass sie nicht genug Macht hat, um so etwas zu tun. Ich kenne ihre Kräfte nicht besonders gut, also könnte ich das nicht beurteilen.«

Liam aß sein Pizzastück auf, sein Blick war nachdenklich. »Ich glaube nicht, dass irgendjemand in ihrer Familie sehr mächtig ist.«

»Wie auch immer«, warf Moira ein, »wer auch immer die Probleme mit den Zaubern verursacht, es ist jemand Mächtiges. So etwas kann man nicht ohne beträchtliche Macht tun.«

»Welche Art von Macht würde man dafür brauchen?«, fragte Donovan.

»Im Grunde genommen eine Störkraft. Es ist nicht ganz dasselbe wie eine Blockierkraft, denn die würde einen Zauber vollständig blockieren. Eine Störkraft ist eine verwandte Art von Macht«, erklärte ich.

»Woher weißt du das überhaupt?«, fragte Moira.

»Unsere Mutter«, sagte ich und warf meinem Bruder mit einem Lächeln einen Blick zu. »Das sind die Dinge, mit denen sie sich auskennt.«

»Hatte sie schon Gelegenheit, nachzusehen, welche Familien diese Macht besitzen?«, fragte Liam.

Ich nickte. »Ihrer Aussage nach besitzen viele Familien diese Macht seit Generationen. Sie forscht weiter, um herauszufinden, ob sie irgendwelche Aufzeichnungen über die Anwendung von Störzaubern finden kann, die ihr helfen könnten. Sie ist nicht ganz so verbreitet wie die Blockierkraft, aber sie sagt, sie ist definitiv ziemlich häufig.«

Sunshine, die auf dem Teppich neben dem Sofa ein Nickerchen gemacht hatte, kam zu uns herüber, umrundete den Tisch und begrüßte jeden. Donovan kraulte sie hinter den Ohren und sah zu mir. »Ihr Fell sieht schon viel besser aus, auch wenn sie noch nicht viel zugenommen hat«, bemerkte er.

»Ich weiß. Es sind erst ein paar Tage, aber die Tierärztin meinte, dass normales Futter ihrem Fell sofort helfen würde. Ich würde sie am liebsten fressen lassen, was das Zeug hält, aber die Tierärztin meinte, wir sollen es langsam angehen lassen. Sie sagte, es sei nicht gesund für sie, wenn sie zu schnell zunimmt.«

»Macht Sinn«, kommentierte Moira. »Du hast mir immer noch

nicht erzählt, was Opal über die Lieferanten und diese Geldangelegenheit denkt.«

»Es ist ziemlich klar, dass sie Geld abgezweigt haben. Opal will es noch eine Weile laufen lassen und sehen, ob wir mehr Informationen sammeln können. Es ist nicht übermäßig viel Geld, und es ist nur in den letzten zwei Jahren passiert.«

»Sie will es durchgehen lassen?«, fragte Liam und zog die Augenbrauen hoch.

Ich zuckte mit den Schultern. »Jap. Sie will sehen, ob sie herausfinden kann, warum. Wenn sie aus heiterem Himmel plötzlich nichts mehr bestellt, könnte das sie auf ihren Verdacht aufmerksam machen. Anscheinend kommen sie nächste Woche vorbei, was sie jedes Jahr tun, um sich zu treffen und die Bestellungen für die nächste Saison zu besprechen. Sie hat mich eingeladen, sie zu dem Mittagessen zu begleiten, das sie mit ihnen geplant hat. Das wird bestimmt interessant.«

Wenig später waren wir beim Aufräumen, und Ghost und Sunshine konzentrierten sich plötzlich sehr auf den Garten. Ghost saß mit zuckendem Schwanz auf der Fensterbank und starrte nach draußen, während Sunshine ihre Nase an die Fensterscheibe drückte und in dieselbe Richtung blickte.

Es war noch nicht ganz dunkel, und die Reflexion der untergehenden Sonne auf der dem Ozean gegenüberliegenden Seite hatte das Wasser in einen schimmernden Glanz getaucht. Das Kutscherhaus von Liam und Moira lag auf einer Klippe mit Blick auf den Atlantischen Ozean, nur die Straße runter von dort, wo Liam und ich aufgewachsen waren. Außer einer herrlichen Aussicht und der Rasenfläche, die sich zwischen dem Haus und dem Meer erstreckte und von Bäumen durchsetzt war, gab es nicht viel zu sehen.

»Sollen wir sie rauslassen?«, fragte ich, als ich die leeren Weingläser zum Geschirrspüler trug, wo Moira Teller abspülte und Geschirr in den Korb stellte.

»Ghost kann durch die Katzenklappe von selbst raus«, antwortete sie mit einem Lächeln.

Als hätte er sie gehört, flitzte Ghost durch die Schwingtür auf die abgeschirmte Veranda und durch seine Katzenklappe auf die hintere Terrasse. Ich trat ans Fenster, um mich neben Sunshine zu stellen, und streichelte ihren goldenen Kopf, während sie leise winselte, als sie Ghost über den Rasen huschen sah.

Der Himmel, der den ganzen Tag klar gewesen war, wurde plötzlich dunkel, als Wolken aufzogen und die ganze Gegend fast in Finsternis tauchten. Obwohl es dämmerte und die Sonne unterging, wurde das restliche Licht von wütenden, grauen und bedrohlichen Wolken ausgelöscht.

Ich blickte über meine Schulter und bemerkte: »Vielleicht solltest du Ghost wieder reinholen. Kommt er, wenn man ihn ruft?«

Liam durchquerte den Raum und trat an meine Seite, seine Augen waren besorgt, als er den Himmel musterte. Einen Moment später gesellten sich Moira und Donovan zu uns.

»Normalerweise kommt er nicht, wenn man ihn ruft«, erklärte Moira mit besorgtem Ton. »Wenn es regnet, wird er klatschnass.«

»Ich hole ihn«, bot Liam an.

Als Liam durch die Fliegengittertür auf die Veranda trat, drehte sich Ghost um, seine weiße Gestalt hob sich von der Dämmerung ab. Dann raste er zurück zum Haus und schoss durch seine Katzenklappe hinein, genau in dem Moment, als ein Blitz den Himmel erhellte.

KAPITEL ACHT

»Oh, da bin ich mir nicht so sicher«, sagte ich zu Moira über die Theke von Persnickety Potions & Gifts hinweg.

»Hast du denn eine bessere Idee?«, erwiderte sie, während sie kleine Fläschchen mit Kräuterheilmitteln aus einer Kiste holte und sie mit einer Liste auf einem Klemmbrett abglich.

»Na ja, zugegebenermaßen nicht, aber ich weiß, dass Liam zu deinem Vorschlag bestimmt etwas zu sagen haben wird.«

»Natürlich wird er das«, erwiderte Moira mit einem Grinsen. »Von all den Orten, an die ich mich schon teleportiert habe, ist dieser hier nicht besonders riskant.«

In diesem Moment rief Zoe von der Vitrine herüber, wo sie die Bettelarmbänder durchgesehen hatte, um eines als Geschenk für eine Cousine zu kaufen, die außerhalb des Bundesstaates lebte. »Seit wann war es denn je eine gute Idee, dass du dich irgendwohin teleportierst?«, fragte sie, als sie zu uns an die Kasse kam.

»Es ist alles in Ordnung«, sagte Moira mit einem Augenrollen. Sie bezog sich auf ihre besondere Fähigkeit, sich an Orte mit Magie zu teleportieren, wenn sie in der Nähe war und wusste, wohin sie wollte.

Ihre Kraft war ziemlich ungewöhnlich und wurde ausschließlich in

der Wicked-Familienlinie von Hexen und Hexenmeistern weiter-
gegeben.

»Wohin genau willst du überhaupt gehen? Oder schlägst du viel-
mehr vor zu gehen?«, stellte Zoe klar.

Moira hakte eine Zeile auf ihrer Liste mit ihrem Bleistift ab und
legte das Klemmbrett auf die Theke, bevor sie zu Zoe hinübersah.
»Opal hat ein vierteljährliches Mittagessen mit dem Lieferanten, von
dem Juliette herausgefunden hat, dass er etwas abzweigt, um sich
nebenbei mit Beauty Bewitched etwas dazuzuverdienen. Da diese
Familie magische Kräfte hat, hat das vielleicht auch etwas mit all
diesem anderen seltsamen Zeug zu tun. Da wir wissen, wann sie hier in
Charm Cove sein werden, dachte ich, ich könnte einen Tagesausflug
nach Portland machen und ihre Büros besuchen. Ich habe sowieso eine
Menge Besorgungen zu erledigen, während wir dort sind.«

»Was?«, sagte Zoe scharf. »Das ist eine ziemlich gewagte Schlussfol-
gerung, zu denken, dass diese Geldangelegenheit etwas mit den seltsamen Zauberproblemen hier zu tun hat.«

»Eigentlich nicht«, warf ich ein. »Meine Mutter hat – weil sie es
einfach nicht lassen kann – neulich Abend die Familie recherchiert.
Störkraft liegt in ihrer Familie. Sie haben auch einen ziemlich großen
Anteil am geplanten Windkraftprojekt. Das sind nur ein paar Punkte,
die sie mit den Ereignissen in Charm Cove verbinden. Sie mögen
verstreut sein, aber wer weiß?«

»Also, wenn sie zum Mittagessen herkommen, wo wirst du dann
sein?«, fragte Zoe und deutete auf Moira.

»Wie gesagt, ich muss sowieso schon ein paar Besorgungen in Portland erledigen. Ich werde mich einfach in ihre Geschäftsräume teleportieren und sehen, was ich dort herausfinden kann.«

Zoe verdrehte die Augen und seufzte. »Okay, das ist nicht die
schlechteste Idee. Selbst wenn die ganzen Sachen mit den Stürmen
und den Zauberproblemen nicht wären, könnte es sich lohnen, einfach
nur herauszufinden, warum sie Geld von Beauty Bewitched
abzweigen.«

Moira lächelte strahlend. »Genau das meine ich.«

»Wie wäre es, wenn du heute Abend mit Liam sprichst? Wenn du
wirklich nach Portland fährst, habe ich eine Einkaufsliste für dich.«

Zoe mischte sich ein: »Dito.«

———

Ein paar Tage später war das geplante vierteljährliche Mittagessen mit der Familie Alden für zwölf Uhr mittags im Charm Café angesetzt. Das Charm Café war ein beliebtes lokales Restaurant und bei den Auswärtigen sehr gefragt. Dem Café gelang es irgendwie, gleichzeitig lässig und gehoben zu sein, was keine leichte Aufgabe war, besonders auf dem heutigen überfüllten Restaurantmarkt. So klein Charm Cove auch war, als sommerliches Reiseziel für Touristen hatten wir einige beliebte Restaurants.

Da Parkplätze Mangelware waren, weil es Frühling und ein schöner sonniger Nachmittag war, ging ich von meinem Büro aus zu Fuß. Als ich den Bürgersteig entlangging und am Gemeinschaftsgarten vorbeikam, warf ich einen Blick darauf, neugierig, ob alles wie erwartet wuchs.

Alles sah grün und gesund aus, also schien Beatrices Blockierungszauber gewirkt zu haben. Ich war weiterhin neugierig auf Frances' Versuch, Teile des Gartens zu vernichten. Ich konnte nicht ganz nachvollziehen, wie ein paar kleine Gemeinschaftsbeete mit dem Geschäft konkurrieren konnten, das Frances aufbaute. Die Beliebtheit der »Farm-to-Table«-Bewegung hatte jedoch dazu geführt, dass sich Restaurants stark auf lokale Lieferanten konzentrierten. Obwohl Frances ortsansässig war, zog sie es wahrscheinlich vor, ihre Konkurrenz einzuschränken.

Ich bog in die Straße vom Charming Way ab, die zum Charm Café führte. Es war nur noch einen Block entfernt und bot einen freien Blick auf den Atlantischen Ozean. Heute war die Wasseroberfläche vom Wind gekräuselt, und die Sonne warf Lichtfunken auf die Wellen.

Ich hoffte nur, dass das Nachmittagswetter klar bleiben würde. Ich bog auf den Schiefersteinweg ein, der zum Charm Café führte. Es befand sich in einem alten Haus im Cape-Cod-Stil, das zu einem entzückenden kleinen Restaurant umgebaut worden war. Ich erklomm die oberste Stufe der Granittreppe und betrat das Restaurant. Was einst ein Wohnzimmer und ein Salon gewesen war, war jetzt ein offener Essbereich. Die glänzenden Hartholzböden schimmerten im Sonnenlicht, das durch die hohen Fenster fiel.

Als ich mich umsah und Opal noch nicht sah, zog ich mein Handy heraus und tippte eine kurze Nachricht. *Ich besorge uns einen Tisch für fünf. Sag Bescheid, falls noch mehr kommen.*

Nachdem die Empfangsdame mich an einen Tisch geführt hatte, bestellte ich schon einmal Vorspeisen für uns alle – frisch gebackene Brötchen mit Artischockendip für die Vegetarier und einen Krabbendip für die Nicht-Vegetarier. Anscheinend war die Tochter, die das Geschäft übernahm, Veganerin und würde nichts anderes als vegane Speisen anrühren. Sie sollte auch äußerst enthusiastisch sein, ihre Produktlinie auf komplett vegane Lotionen umzustellen.

Ich bewunderte diejenigen, die diese Wahl trafen, aber ich mochte Fleisch und Meeresfrüchte. Ich dachte mir, ich würde meinen Teil dazu beitragen, indem ich darauf achtete, dass das, was ich aß, aus der Region stammte und verantwortungsvoll geerntet wurde.

Kurz darauf traf Opal mit den älteren Aldens und deren Tochter Viola Alden ein. Ich hatte die Aldens tatsächlich schon einmal mit meiner Mutter getroffen, als wir in Portland in ihren Büros vorbeischauten, aber das war das erste Mal, dass ich ihre Tochter kennenlernte.

Viola hatte etwas Scharfes an sich. Ihr dunkles Haar war zu einem Pferdeschwanz zusammengebunden, der ihr glatt zwischen die Schulterblätter fiel. Sie hatte eisblaue Augen und schmale Lippen. Sie lächelte gezwungen, als wir einander vorgestellt wurden. »Sehr erfreut, Sie kennenzulernen, Juliette.«

»Ganz meinerseits«, erwiderte ich mit einem Lächeln. »Ich habe schon Vorspeisen bestellt. Ich hoffe, das ist für alle in Ordnung.«

»Natürlich ist es das, meine Liebe«, sagte Opal und beugte sich vor, um mir einen trockenen Kuss auf die Wange zu drücken, während sie ihre Serviette entfaltete und sie sich auf den Schoß legte.

»Ich hoffe sehr, dass es vegane Optionen gibt«, sagte Viola.

»Die gibt es auf jeden Fall«, erwiderte ich. »Ich habe etwas von ihrem Artischocken-Dip bestellt, der komplett vegan ist und keinerlei Milchprodukte enthält. Außerdem habe ich den Krabben-Dip bestellt, der offensichtlich nicht vegan ist.« Ich deutete auf die beiden Platten in der Mitte des Tisches.

Mrs. Alden lächelte mich an. »Oh, vielen Dank, meine Liebe. Ich liebe einen guten Krabben-Dip. Ich weiß, Viola fände es toll, wenn wir alle vegan leben würden, aber ich sage ihr immer, dass der Verzehr von Fleisch, Fisch und so weiter zum Kreislauf des Lebens gehört.«

Viola zuckte nur mit den Schultern, schnitt die wohl dünnste Scheibe Brot ab, die ich je gesehen hatte, und strich dann die winzigste Menge Artischocken-Dip darauf. Ich musste mich unwillkürlich fragen, ob sie deshalb so dünn war.

Ein Kellner kam vorbei und nahm unsere Getränkebestellung auf. Danach zählte er die Tagesangebote auf und versicherte uns, dass er in Kürze wieder da sein würde. Opal führte das Gespräch an und plauderte über bevorstehende Frühlingsveranstaltungen. »Ansonsten sind wir so beschäftigt wie immer. Wie laufen die Dinge drüben in Portland?«, fragte sie, als sie ihre Zusammenfassung beendet hatte.

»Portland ist in den letzten Jahren geradezu explodiert, aber das wussten Sie sicher schon«, sagte Mrs. Alden, während Mr. Alden zustimmend nickte.

»Ich weiß, dass es ein bisschen gewachsen ist und sich mit all seinen Restaurants und dergleichen zu einem echten Anziehungspunkt entwickelt hat. Ich muss der Stadt ein Kompliment dafür machen, dass sie mit der Innenstadt eine unglaubliche Arbeit geleistet hat«, kommentierte Opal.

Viola warf ein. »Es *ist* reizend. Wir hoffen, von der ganzen neuen Energie, die in die Stadt kommt, zu profitieren und unseren Käuferkreis zu erweitern. Wir denken, wir haben ein ausgezeichnetes Produkt. Jetzt, da wir unsere veganen Optionen bewerben, erweitert das unseren Markt«, sagte sie, bevor sie einen winzigen Schluck von ihrem Wasser nahm.

»Planen Sie eine Expansion des Unternehmens?«, fragte ich höflich.

»Das würde ich auf jeden Fall gerne tun. Indem wir unsere Produkte vegan herstellen, gewinnen wir eine neue Kundengruppe, die sich sonst abwenden würde. Aber das wird uns sicher nicht unsere derzeitigen Kunden kosten«, antwortete sie.

»Guter Punkt«, sagte ich, als unser Kellner kam, um unsere Bestellung für das Mittagessen aufzunehmen.

Nachdem wir bestellt hatten, drehte sich das Gespräch um verschiedene Neuigkeiten aus Charm Cove. Es war unmöglich, über die Geschäfte in der Stadt zu sprechen, ohne die lang erwartete und etwas umstrittene Errichtung des Windparks an einem abgelegenen Küstenabschnitt von Charm Cove zu erwähnen.

»Was halten Sie von all dem?«, fragte Mr. Alden.

Ich hatte bemerkt, dass er sich seine Wortbeiträge für die trockeneren, geschäftsmäßigeren Themen aufsparte und von der veganen Geschäftsplanung seiner Tochter nicht besonders begeistert schien. Er wirkte jedoch zufrieden damit, sie einfach machen zu lassen, was sie wollte. Ich spürte eine unterschwellige Spannung zwischen ihnen, aber ich nahm an, das konnte man wohl von jeder Familie behaupten.

Opal zuckte leicht mit den Schultern. »Ich denke, die Welt ist bereit für alternative Energiequellen. Besonders für solche, die sauberer sind als die, die wir bereits haben. Ich verstehe, dass die Leute sich Sorgen um die Aussicht machen, aber die Aussicht auf ein Ölfeld ist auch nicht gerade schön.«

Mrs. Alden nickte. »Glauben Sie, dass es wirklich durchgeht?«, fragte sie und sah ein wenig nervös aus.

»Es ist bereits durch die Genehmigungsverfahren gekommen, die ziemlich mühsam sind. Soweit ich weiß, geht es an diesem Punkt nur noch darum, es fertigzustellen«, warf ich ein.

Ich nahm den letzten Bissen meines Sandwichs, als Opal kommentierte: »Ganz genau. Die Stadt hat das Projekt vor fast fünf Jahren genehmigt. Es ist nur so, dass die eigentliche Entwicklung auf sich warten ließ. Ich nehme an, sie haben auf eine Finanzierung durch Zuschüsse und dergleichen gewartet.«

»Ich habe Gerüchte über die Familie gehört, der das nächstgelegene Kraftwerk gehört. Es versorgt Charm Cove, Windy Bay und die beiden gemeindefreien Orte etwas weiter nördlich«, sagte Mr. Alden.

Opal nickte. »Ich bin mir sicher, das stimmt, aber Veränderung gehört zum Leben und zu dieser Sache dazu. Genauso wie wir uns bei ›Beauty Bewitched‹ den Launen der Trends anpassen mussten, wird sich dieses Unternehmen damit abfinden müssen, dass wir mehr erneu-

erbare Energiequellen brauchen. Man hat ihnen die Möglichkeit gegeben, sich an dem Windkraftunternehmen zu beteiligen.«

»Irgendeine Ahnung, warum sie sich dagegen entschieden haben?«, fragte ich aufrichtig neugierig.

Opal verdrehte die Augen und hielt inne, um an ihrem Wasser zu nippen. »Nein. Ich glaube, anfangs dachten sie wirklich, das Projekt würde nicht zustande kommen. Sie hatten so lange ein Monopol auf die Stromversorgung, dass sie von der Situation verwöhnt wurden. Jetzt, da es tatsächlich und in naher Zukunft passiert, versuchen sie, glaube ich, etwas Lärm zu machen. Zu wenig, zu spät, wenn du mich fragst.«

Mrs. Alden blickte zwischen uns hin und her und sah immer noch leicht nervös aus – worüber, hatte ich keine Ahnung. »Wir haben in Portland sicherlich ein paar Artikel darüber gesehen, es wird also inter-essant sein zu sehen, was passiert.«

KAPITEL NEUN

Später an diesem Abend saß ich meiner Mutter am Küchentisch gegenüber und nippte an meinem Tee. »Ich weiß nicht, was es war, aber es hat sich einfach komisch angefühlt. Es war nicht so, dass sie viele Fragen über den Windpark gestellt hätten, aber es war seltsam. Es war fast so, als ob sie gehofft hätten, dass er nicht gebaut wird. Ich weiß nicht, wie ich es sonst erklären soll«, erklärte ich.

Meine Mutter tauchte ihren Löffel in den Honig und gab noch etwas davon in ihren Tee. »Interessant. Ich frage mich, ob sie am alten Energieunternehmen beteiligt sind. Wir wissen, dass sie am Windprojekt beteiligt sind. Will Opal mit der Entscheidung über dieses Konto immer noch warten?«

»Genau das hat sie gesagt.«

»Hmm. Ich verstehe. Wir beziehen seit über dreißig Jahren unsere Grundprodukte von ihnen. Es würde definitiv Fragen aufwerfen, wenn wir dieses Konto auflösen würden. Wir könnten es nicht einfach tun, ohne eine Erklärung abzugeben. Wir haben nicht so viele Lieferanten, die tatsächlich Hexen und Hexenmeister sind, das ist also eine weitere Komplikation in dem ganzen Schlamassel.«

»Hast du heute Nachmittag zufällig etwas von Moira gehört?«, fragte ich. »Oder vielleicht eher von Liam?«

Meine Mutter lächelte. »Natürlich habe ich das. Wie du weißt, ist Moira für den Tag nach Portland gefahren. Sie werden sogar dort übernachten und morgen zurückkommen. Moira hat sich in ihre Büros teleportiert. Liam sagte, sie hat einen Haufen Fotos von Unterlagen und so weiter gemacht. Sie hatten einen anstrengenden Nachmittag mit Besorgungen, also müssen wir warten, bis sie nach Hause kommen, um alles durchzusehen. Ich muss sagen, so sehr ich mir auch Sorgen um deine elektrischen Kräfte gemacht habe, bin ich doch ziemlich erleichtert, dass du diese Kraft nicht teilst.«

»Moiras Kraft, meinst du?«

Meine Mutter nickte. »Sie ist ziemlich riskant. Sie hat sie gut unter Kontrolle, aber trotzdem.«

Ich lachte leise. »Na ja, es ist, wie es ist. So ungewöhnlich diese Kraft auch ist, soweit ich weiß, ist sie leichter zu kontrollieren als elektrische Energie.«

»Oh, ganz sicher. Du hast eine enorme Menge an Kraft in deinen Fingerspitzen. Ich muss sagen, ich bin ziemlich stolz darauf, wie weit du darin gekommen bist, sie zu beherrschen. Zurück zu den Lieferanten, ich werde mich bei Camilla und auch bei deinem Vater erkundigen, was sie über irgendwelche Investitionen wissen. Unser Unternehmen hält Anteile sowohl am alten Energieunternehmen als auch am Windpark, also sollten wir herausfinden können, wer investiert hat.«

»Was, glaubst du, haben die Investitionen mit irgendetwas zu tun?«, fragte ich.

»Es gibt einen Grund, warum der Spruch ›Folge dem Geld‹ ein Klischee ist. Vielleicht hat es nichts mit dem zu tun, was hier vor sich geht, aber es ist immer eine Untersuchung wert.«

»Anderes Thema, ich weiß, du hast die Geschichte von Familien untersucht, die die Fähigkeit zur Zauberbeeinflussung haben. Was hast du sonst noch herausgefunden?«

Meine Mutter hielt inne, um an ihrem Tee zu nippen, bevor sie antwortete. »Obwohl die Fähigkeit, Zauber zu stören, nicht so häufig ist wie das Blockieren, ist sie auch nicht völlig ungewöhnlich. Die Familie Alden trägt die Fähigkeit zur Beeinflussung über Generationen weiter, ebenso wie die Bishops. Natürlich ist sie gelegentlich auch in den Familien Wicked und Good aufgetaucht, zusätzlich zu Donovans Familie. Die Familie Wick ist ein entfernter Zweig der Familie Wicked, also ist das auch keine Überraschung. Auch ein paar Hexen im Stammbaum der Familie Howe hatten diese Kraft.«

»Oh?«

Meine Mutter nickte. »Ja, es ist also möglich, dass Frances die Kraft hat, aber diese Familie hat im Allgemeinen nicht viel Kraft, daher ist es nicht wahrscheinlich, dass sie es schaffen würde, die Zauber der ganzen Stadt zu beeinflussen.«

Ich seufzte. »Großartig, das schränkt die Sache also nicht wirklich ein.«

Meine Mutter zuckte mit den Schultern. »Vielleicht nicht. Wie bei allem müssen wir das Warum herausfinden. Warum sollte jemand Zauber stören wollen? Und warum sollte jemand diese Stürme verursachen wollen?«

»Wenn man den Nachrichten glaubt, ist das nur ein Teil der globalen Erwärmung und des Klimawandels. Vielleicht ist es ja das.«

»Das ist durchaus möglich. Das erklärt jedoch nicht die Zauberprobleme, die wir hier in Charm Cove haben«, erwiderte meine Mutter.

»Natürlich nicht, aber was, wenn das nur ein Versehen ist? Das ganze Fiasko, das letztes Jahr mit den Gänseblümchen passiert ist, hat sich auch als Versehen herausgestellt.«

»Das ist immer eine Möglichkeit.« Meine Mutter hob ihre Teetasse mit einem leichten Lächeln.

KAPITEL ZEHN

»Lass mich mal sehen«, sagte ich und deutete auf die Papiere, die Moira auf der Theke im Hinterzimmer von Persnickety Potions & Gifts ausgebreitet hatte.

Sie schob mir ein Papier rüber und studierte weiter ein anderes. Sie hatte Dokumente in der Lieferfirma der Aldens fotografiert, als sie sich während ihres Abstechers nach Portland in deren Büros teleportiert hatte. Wir sahen uns gerade die ausgedruckten Versionen an. Bislang handelte es sich hauptsächlich um Bestellunterlagen und Ähnliches.

»Obwohl es hilfreich war, dass ich mich dorthin teleportiert habe, wird mir gerade klar, dass es wahrscheinlich nützlicher wäre, wenn wir Gabriel bitten würden, sich in ihre Unterlagen zu hacken«, sagte sie und bezog sich dabei auf ihren älteren Bruder, der sich mit Computerforensik auskannte.

»Mag sein, aber das gibt uns einen Ansatzpunkt. Schon was gefunden?«, fragte ich.

Moira schob mir zwei zusammengeklebte Dokumente rüber, damit ich sie mir ansehen konnte. Sie fuhr mit ihrer Fingerspitze über eine Zeile auf jedem der Papiere. »Sieh mal, genau hier. Das ist die ursprüngliche Bestellung von einem Kunden. Innerhalb dieser Bestellung sieht alles korrekt aus, denn das ist es auch. Nur, dass sie die Lieferung anpassen und einen geänderten Lieferschein schicken. Genau das, was du bei Beauty Bewitched gefunden hast. Die Änderungen sind so gering, dass sie durchrutschen könnten. Sie zweigen von jeder Bestellung ein bisschen was ab. Obwohl ich wusste, dass sie für den Tag weg waren, habe ich mich nicht wohl dabei gefühlt, zu lange in den Büros zu bleiben. Jeder hätte hereinkommen können, und es ist ja nicht so, dass nur sie dort arbeiten.«

Ich überflog die Zahlen und nickte. »Jep. Genau das haben sie auch bei Beauty Bewitched gemacht. Aber was haben sie sonst noch vor und warum?«

»Folge der Spur des Geldes«, sagte Moira, während sie sich eine Strähne ihres dunklen Haares aus den Augen strich und hinters Ohr klemmte.

»Genau das hat meine Mutter auch gesagt. Wie ich dir schon erzählt habe, hat sie auch erwähnt, dass die Familie Alden seit Generationen über Kräfte zur Zauberbeeinflussung verfügt. Natürlich hat die Familie von Frances diese auch, aber meine Mutter glaubt nicht, dass sie genug Macht hätte, um viel auszurichten.«

»Haben wir außer den Gewittern noch viele andere Berichte über Probleme mit Zaubersprüchen bekommen?«, fragte Moira.

»Nichts Großes, aber ich glaube, alle sind vorsichtig. Es ist schwer zu sagen, ob es Probleme mit Zaubern gibt, wenn die meisten Leute zu besorgt sind, um welche zu wirken.«

In diesem Moment steckte Delia ihren Kopf durch den Perlenvorhang von der Vorderseite des Ladens. »Haben wir da hinten noch Liebestränke?«, fragte sie.

Moira schob die Papiere zur Seite und blickte zu den unzähligen Reihen von Tränken auf dem Regal hinter dem Tisch, an dem wir saßen. Sie fuhr mit dem Finger über ein Regal und antwortete: »Wir haben etwas *Liebe findet einen Weg*, aber das war's auch schon. Gibt es einen bestimmten Wunsch?«

»Ich bin sicher, der wird reichen«, sagte Delia, während sie durch den Vorhang trat und zu uns eilte. Sie nahm mehrere Flaschen mit Tränken entgegen, die Moira ihr reichte.

»Bist du nicht hierhergekommen, um ein paar Tränke zu brauen?«, fragte Delia, bevor sie sich wieder abwandte.

Moira zwinkerte. »Das habe ich allerdings. Juliette und ich sind nur etwas vom Thema abgekommen. Gib mir ein paar Minuten, dann habe ich Nachschub fertig.«

Delia grinste. »Danke dir.«

Nachdem Delia wieder nach vorne in den Laden geeilt war, sah Moira mich mit einem verlegenen Achselzucken an. »Deswegen war ich hier hinten, bevor ich dich angerufen habe. Macht es dir was aus, wenn ich an den Tränken arbeite, während wir reden? Wenn du Lust hast, kannst du mir helfen, ein paar Zauber für die Tränke zu wirken.«

Der Laden verkaufte eine Reihe von Kräuterheilmitteln, die eigentlich echte Hexentränke waren, getarnt unter der beliebten Bezeichnung »Kräuterheilmittel«. Natürlich *waren* sie Kräuterheilmittel. Nur eben mit genug Magie versehen, um sie bemerkenswert gut wirken zu lassen. Genau wie alle Produkte, die wir bei Beauty Bewitched verkauften.

»Gerne helfe ich«, antwortete ich.

Moira machte sich daran, die Heilmittel vorzubereiten, und ich übernahm die Aufgabe, die Zauber für jeden Trank zu wirken. Die beliebtesten waren die Liebestränke.

»Du könntest den Dingen mit Donovan einen kleinen Schubs geben, wenn du wolltest«, neckte mich Moira, während wir arbeiteten.

Ich warf ihr einen Seitenblick zu. »Auf gar keinen Fall. Die Dinge laufen auch ohne eingemischte Zauber perfekt.« Ich schnippte wieder mit den Fingern, als mir die Erleuchtung kam. »Hey! Wir wirken Zauber und alles läuft bestens.«

Moira erstarrte, als sie gerade die Flüssigkeit für eines der Heilmittel in einen Trichter goss. »Oh, wow. Du hast recht. Ich war ganz auf Autopilot und habe losgelegt, ohne darüber nachzudenken.«

»Hmm. Ich frage mich, ob das, was auch immer die Zauber durcheinandergebracht hat, endlich aufgehört hat. Vielleicht hat jemand die Ursache blockiert.«

Moira zuckte mit den Schultern und goss weiter die Basis für einen Trank in ein dekoratives Glasfläschchen, wobei sie zustimmend nickte. »Interessant. Wir reden hier ja nicht gerade von einer Stadt voller

Amateurhexen und -hexer, also bin ich sicher, dass jemand hätte herausfinden können, wie man es blockiert.«

»Es könnte auch ein Unfall gewesen sein. Besonders bei Teenagern, die lernen, ihre Kräfte zu beherrschen, passieren manchmal Unfälle. Oder so wie letztes Jahr mit den Gänseblümchen. Die beiden Hexen wollten ja nicht, dass es außer Kontrolle gerät.«

Moira kicherte. »Stimmt, und Charm Cove war als das Gänseblümchenwunder der Welt in allen Nachrichten«, sagte sie und bezog sich auf den Titel, der der Stadt für ein paar Wochen verliehen worden war. Die Gänseblümchen waren wegen eines kleinen, kleinlichen Streits völlig außer Kontrolle gewachsen, und die Zauber hatten sich versehentlich vervielfacht. »Aber mal im Ernst, beeinflussende Kräfte klingen nicht nach einem Unfall.«

Ich schnippte mit den Fingern in Richtung der Flasche, die sie mir reichte. Wir arbeiteten an einer Charge *Liebe lässt die Welt sich dreh'n*. »Guter Punkt. Vielleicht war es so einfach, dass jemand versucht hat, etwas Unbedeutendes zu stören, aber dann ist es aus dem Ruder gelaufen. Beatrice war ziemlich misstrauisch gegenüber Frances.«

Moira verdrehte die Augen. »Ich weiß. Beatrice kam in den Laden, um mit mir darüber zu reden. Sie findet, dass Frances ziemlich verklemmt ist.«

»Ich kenne sie nicht besonders gut, aber an dem Tag war sie definitiv etwas kratzbürstig. Aber Beatrice hat ja auch ihren Versuch unterbrochen, ein paar Gemeinschaftsgarten-Parzellen, die sie als Konkurrenz betrachtete, Steine in den Weg zu legen.«

»Frances hat da eine gute Geschäftsidee aufgetan«, meinte Moira. »Sie kann aber sicher nicht erwarten, dass die Leute nicht versuchen, mit ihr zu konkurrieren. Ganz zu schweigen davon, dass Gemeinschaftsgärten und wöchentliche Gartenmärkte üblich sind. Damit muss sie rechnen.«

»Wir alle können damit rechnen, dass Dinge passieren, aber es ist nicht immer das, was wir uns wünschen.«

»Das ist wohl wahr. Also gut, ich wechsle jetzt zu *Bist du wütend auf jemanden? Zerschmettere diese Flasche*«, sagte Moira.

»Ich habe die Namen der Tränke hier schon immer geliebt«, antwortete ich kichernd.

Moira schenkte mir ein breites Lächeln. »Das war Leas Werk«, sagte sie. Lea hatte diesen Laden früher geleitet. »Sie meinte, sie verkaufen sich besser, wenn die Namen offensichtlich und witzig sind.« Moira tauschte die Rührschüssel und die Flüssigkeiten aus, die sie als Basis für die Kräuterheilmittel verwendete, und holte mehrere Gläser mit einer Vielzahl von Zutaten aus dem Schrank neben sich.

Einer der Zwillinge kam zurück, um eine Schachtel für ein Geschenk zu holen, und unterbrach uns kurz, um Moira etwas wegen der Anfrage für ein speziell angefertigtes Armband zu fragen.

Moira antwortete gerade, als ich mit den Fingern schnippte, um einen weiteren Zauber zu wirken. Die blaue Flasche zersprang und das flüssige Heilmittel ergoss sich über die ganze Theke.

Celia schnappte nach Luft. »Oh nein! Ich dachte, es läuft alles so gut.«

»Das dachten wir auch«, erwiderte ich, während Moira sich vorbeugte, um eine Rolle Papiertücher von einem Regal neben dem Tisch zu nehmen.

»Sei vorsichtig«, sagte ich, als sie anfing, die Flüssigkeit aufzuwischen. »Schneide dich nicht an einer Scherbe.«

Celia blickte zwischen uns hin und her, eine Falte bildete sich zwischen ihren Augen. »Keine Sorge«, sagte ich. »Geh und hilf den Kunden, wir machen das hier sauber. Es stellt sich nur heraus, dass was auch immer die Zauber stört, dies anscheinend nur gelegentlich tut.«

»Wisst ihr, wer vorne ist?«, fragte Celia.

»Nein, wer denn?«, fragten Moira und ich wie aus einem Munde.

»Viola Alden. Ist das nicht die Frau, die die Leitung der Zulieferfirma übernimmt?«, fragte Celia.

»Woher weißt du das denn?«, fragte ich und kniff die Augen zusammen.

Gerade in dem Moment kam die ältere Schwester der Zwillinge, Emma, die auch eine meiner Cousinen war, durch den Perlenvorhang. Sie hatte den letzten Teil unseres Gesprächs eindeutig mitbekommen. »Hast du immer noch nicht gelernt, dass die Zwillinge alles herausfinden, Juliette?«, fragte Emma, während sie den hinteren Raum durchquerte, um sich mit der Hüfte neben mir an den Tisch zu lehnen.

»Das sollte ich inzwischen wissen«, antwortete ich mit einem Augenzwinkern.

»Sie haben wahrscheinlich mitgehört, wie unsere Mutter gestern Abend mit unserem Vater darüber gesprochen hat. Habe ich richtig geraten?«, fragte sie und lächelte Celia an.

Celia grinste. »Ich kann nichts dafür, dass meine Ohren so gut funktionieren.«

»Ich schätze, da kannst du nichts für. Und jetzt raus mit dir und bedien die Kunden«, sagte Moira und verdrehte die Augen.

Celia eilte davon, hüpfte beinahe und war sichtlich zufrieden mit sich.

»Was ist passiert?«, fragte Emma und blickte auf den Tisch hinunter. Moira hatte das Glas und das verschüttete Heilmittel sorgfältig mit einer Handvoll Papiertücher aufgewischt.

»Wir haben einige Tränke vorbereitet und die Zauber haben einwandfrei funktioniert. Bis zu diesem hier«, erklärte ich und deutete mit der Hand auf den Tisch.

Emma nickte. »Ich wollte euch allen heute Morgen eigentlich eine Nachricht schreiben. Ich habe heute Vormittag an einigen Blumenbeeten im Haus meiner Eltern gearbeitet. Ich hatte keine Probleme mit den Zaubern, bis zum letzten. Ich wollte einer Gruppe Hostas auf die Sprünge helfen. Stattdessen ist das Klee-Unkraut explodiert. Es war ziemlich harmlos, aber irgendwie nervig, weil ich es jetzt jäten muss. Ich habe mich nicht getraut, einen Gegenzauber zu wirken. Ich hatte Angst, dass ich Probleme mit dem verursachen könnte, dem ich eigentlich helfen wollte«, erklärte Emma.

Emma hatte die gleiche Färbung wie ich, mit dunklem Haar und blauen Augen. Sie zog eine dunkle Augenbraue hoch, als sie zwischen uns hin und her blickte. »Ich muss sagen, wer auch immer das verursacht, es geht einem gehörig auf den Senkel.«

»Du kannst ruhig Arsch sagen«, sagte Celia. Sie steckte den Kopf durch den Perlenvorhang und streckte ihrer älteren Schwester die Zunge heraus.

»Zurück an die Arbeit«, rief Moira.

Celia verschwand wieder, ihr Kichern drang zu uns herüber.

»Ich bin so froh, dass du ihre Chefin bist und nicht ich«, scherzte

Emma. »Ich bin vorbeigekommen, um zu fragen, ob ihr beide heute Abend im Enchanted Spirits etwas trinken gehen wollt? Es ist schon ein paar Wochen her. Ich habe Zoe gesehen, und sie hat heute Abend tatsächlich einen Babysitter organisiert.«

»Schließt das Männer mit ein?«, fragte Moira.

»Natürlich. Jackson wird mit mir da sein«, antwortete Emma und bezog sich dabei auf ihren Freund. »Wirst du Donovan mitbringen?« Ein verschmitztes Glitzern trat in ihre Augen, als sie in meine Richtung schaute.

»Ich werde ihn sicher fragen, aber ich weiß nicht, ob er dabei sein wird.«

»Er wird Ja sagen«, warf Moira ein.

»Woher willst du das wissen?«, konterte ich und stieß sie mit dem Ellenbogen an.

Emma meldete sich zu Wort. »Der Mann mag dich. Sehr sogar.«

»Na und, Jackson mag dich. Sehr sogar«, witzelte ich zurück.

»Und wir sind offiziell zusammen.«

»Ich bin mir ziemlich sicher, dass Donovan und ich jetzt auch offiziell zusammen sind.«

Emma grinste. »Gut, dann sehe ich euch beide also dort?«

Moira blickte auf ihre Uhr. »Lass uns jetzt gehen. Es ist schon fast Feierabend. Wir treffen dich in einer halben Stunde dort. Das gibt mir Zeit, den Zwillingen beim Abschließen zu helfen.«

»Brauchen sie eine Mitfahrgelegenheit nach Hause?«, fragte Emma, als Moira aufstand.

»Nein, brauchen sie nicht«, rief Leas Stimme, als sie durch den Perlenvorhang nach hinten kam. Sie trat auf Emma zu und drückte ihr einen schnellen Kuss auf die Wange. »Du bist so gut, immer darauf zu achten, dass deine kleinen Schwestern dort ankommen, wo sie hin müssen.«

Emma verdrehte die Augen. »Mama, natürlich tue ich das.«

Genau in diesem Moment öffnete sich die Hintertür des Ladens und Moiras Mutter Camille stürmte herein. Sie schlug die Tür hinter sich zu.

»Was ist los?«, fragten Moira und ich fast wie aus einem Munde.

KAPITEL ELF

Von Camilles gewohnter ruhiger und gefasster Art war nichts zu sehen. Mit weit aufgerissenen Augen eilte sie zu uns. »Es gibt ein *riesiges* Gewitter und einen Tornado am anderen Ende der Stadt.«

»Was?«

»Häh?«

»Dein Ernst?«

Unsere Fragen überschlugen sich.

Camille nickte nur. »Natürlich ist das mein Ernst. Er ist direkt in der Nähe des Windparks, mit dessen Bau sie letzten Monat begonnen haben.«

In diesem Moment ertönte ein lautes, schrilles Geräusch. Unsere Handys fingen gleichzeitig an zu klingeln, als das mobile Notfallwarnsystem der Stadt Alarm schlug. Emma hatte ihres bereits in der Hand und drückte sofort auf den Lautsprecher.

Dies ist eine Notfallwarnung des Notrufsystems von Charm Cove. Auf der Nordseite der Stadt herrscht derzeit eine gefährliche Wetterlage mit einer Tornadosichtung und gefährlichen Winden. Anwohner sollten sich an Ort und Stelle in Sicherheit begeben und nicht versuchen, sich fortzubewegen. Anwohner sollten an Ort und Stelle bleiben und, falls vorhanden, in Kellern Schutz suchen.

Vier Augenpaare wanderten umher, als wir uns ansahen. »Ich glaube nicht, dass wir uns im Enchanted Spirits treffen«, kommentierte Moira.

»Sollen wir einfach hier bleiben?«, fragte ich.

»Ich schließe den Laden ab, und ich finde, wir sollten alle in den Keller gehen. Wir sollten auch jeden anrufen, den wir kennen, und ihnen sagen, dass sie bleiben sollen, wo sie sind, falls sie diese Warnung nicht gesehen oder gehört haben«, sagte Moira schnell. Sie hatte bereits Liam am Telefon, während sie nach vorne eilte.

Ich rief Donovan an, nur um festzustellen, dass er gerade hinter dem Laden vorfuhr, weil er mein Auto hier gesehen hatte. »Dann komm rein«, sagte ich, als ich aus der Hintertür spähte und zum bedrohlichen Himmel aufschaute. Er war dunkelgrau, fast lila, und sah zornig aus. Ich konnte das entfernte Grollen des Donners und das Rauschen der Luft hören, als der Wind auffrischte.

Die Innenstadt von Charm Cove war gut fünf Meilen von dem Ort des gemeldeten Sturms und Tornados entfernt, aber bei dem Wind war das nicht allzu weit.

Donovans Wagen kam mit einem Ruck zum Stehen und er sprang heraus und rannte über den hinteren Parkplatz, gerade als Liams Fahrzeug quietschend hinter ihm einbog. Ich wartete an der Tür, während die beiden herüberrannten und hineinhuschten, just in dem Moment, als dicke Regentropfen vom Himmel zu fallen begannen.

Lea deutete auf den Eingang zum Keller, und wir eilten alle nach unten, nachdem Moira vorne alles abgeschlossen hatte. Die Kunden, die im Laden waren, schlossen sich uns ebenfalls an, darunter auch Viola Alden. Sie schien die ganze Sache ziemlich gelassen zu nehmen, war völlig souverän, genau wie an dem Tag, als ich sie neulich beim Mittagessen gesehen hatte.

Innerhalb weniger Minuten waren wir alle unten im Keller unter Persnickety Potions & Gifts. Das Grollen des Donners und das Krachen der Blitze erreichten uns sogar dort.

Delia und Celia hatten sich sofort der Aufgabe gewidmet, den Raum irgendwie gemütlich zu machen. Zusammen mit den Zwillingen, Lea, Camille, Moira, Emma, Viola, mir, Donovan und Liam waren auch vier Kundinnen bei uns, was den Keller ziemlich voll machte. Glücklicherweise war der Raum sauber und ordentlich. Wenn man bedenkt, dass dieses Gebäude einige Jahrhunderte alt war, war das ziemlich bemerkenswert.

Wie bei vielen alten Gebäuden in dieser Gegend war der Keller aus Granit gehauen, komplett mit in den Granit gehauenen Rinnen, durch die das Wasser abfließen konnte. Hin und wieder wurde ich daran erinnert, dass unsere Vorfahren in Sachen Planung vielleicht klüger waren als wir. Mit diesen natürlichen Abflüssen war es unwahrscheinlich, dass der Keller jemals überflutet werden würde. Dieses kleine Konstruktionsmerkmal war in vielen alten Häusern in der Gegend üblich.

»So«, sagte Celia zufrieden, als sie ein kleines Sofa von der Wand zog und den Kundinnen bedeutete, sich daraufzusetzen. Es gab jede Menge Klappstühle und die Zwillinge bildeten mit den Sitzgelegenheiten einen kleinen Kreis, als ob es sich um ein geplantes geselliges Beisammensein handelte.

Lea warf ihren Zwillingstöchtern ein warmes Lächeln zu und griff nach oben, um das Essstäbchen zu richten, das ihren Dutt zusammenhielt. »Danke, Mädels. Wenn wir länger hier unten bleiben müssen, haben wir sogar ein paar Snacks«, sagte sie und zeigte auf einen Schrank an der Wand.

»Wir haben Snacks?«, fragte Liam.

Moira grinste, als sie sich auf einen der Klappstühle neben ihn setzte. »Natürlich haben wir das. Mach dir keine zu großen Hoffnungen. Es ist nichts Besonderes, nur ein paar Cracker und Nüsse.«

Donovan setzte sich neben mich und bemerkte: »Ich kann mir nicht vorstellen, dass wir lange hier unten warten müssen.«

Viola setzte sich zufällig mir gegenüber. Sie schlug die Beine übereinander und hob eine schmale Schulter in einem Achselzucken. »Schwer zu sagen. Dieses ganze Wetter ist so überaus seltsam.«

Ich wünschte, wir hätten die Kundinnen nicht hier unten bei uns, denn ich hatte ein paar Fragen zu Magie und Zaubersprüchen für Viola, aber jetzt war definitiv nicht der richtige Zeitpunkt dafür.

Eine der Kundinnen meldete sich zu Wort. »Dieses Wetter ist *so* seltsam. Aber andererseits scheint das Wetter ja überall seltsam zu sein. Letzte Woche gab es in Kansas sechs Tornados in einer Woche.

Natürlich sind Tornados dort häufiger, aber das scheint mir doch sehr viel zu sein.«

Eine andere Kundin fügte hinzu: »Und all die Brände letztes Jahr im Westen.« Sie schnalzte missbilligend mit der Zunge. »Wer weiß schon, was los ist? Ich muss Ihnen aber sagen, ich hoffe sehr, dass dieser Sommer nicht so heiß wird wie der letzte.«

Moira fragte höflich: »Kommen Sie aus der Gegend, meine Damen?«

»Also, wenn Sie Boston zur Gegend zählen, dann ja. Wir wohnen nicht in Maine, aber wir kommen jedes Jahr zum Einkaufen und Besuchen hierher. Persnickety Potions & Gifts ist einer unserer Lieblingsorte«, antwortete eine der Frauen.

Lea strahlte bei diesen Worten über das ganze Gesicht. »Oh, das hören wir wirklich gern! Ich hoffe doch sehr, Sie haben auch schon Beauty Bewitched besucht. Der Laden ist so etwas wie ein Partnershop für uns hier in Charm Cove.«

»Aber natürlich haben wir das!«, rief eine andere Kundin aus der Gruppe. »Das sind unsere beiden Lieblingsläden in Charm Cove. Wir kaufen unseren Schmuck und unsere Geschenke hier und holen uns dort die fantastischen Schönheitsprodukte.«

Eine der Frauen tätschelte ihre Wange. »Ich bin fest davon überzeugt, dass die Gesichtslotion von Beauty Bewitched mich tatsächlich jünger aussehen lässt.«

Hier mischte sich Viola ein und merkte an: »Wir sind einer der Lieferanten für ihre Basislotionen.«

Viola und die Frauen begannen ein kurzes Gespräch über die Vorzüge verschiedener Produkte, wobei Viola von den Wundern veganer Produkte schwärmte. Die Gruppe verstummte schlagartig, als wir alle von einem lauten Rauschen draußen und einem furchtbar nahen Donnerschlag unterbrochen wurden, dem sofort ein Blitz folgte, der so hell war, dass er durch die schmalen Fenster oben an den Kellerwänden zuckte.

Donovan und Liam standen zusammen und gingen zu den Fenstern hinüber. Diese Fenster boten eine hervorragende Aussicht auf den Bürgersteig und nicht viel mehr.

Ich stand auf und eilte durch den Keller. Donovans Hand schloss sich um meine, als ich ihn erreichte. Sein warmer Griff war beruhigend. »Was kannst du sehen?«, fragte ich. Selbst wenn ich auf Zehenspitzen stand, war ich nicht groß genug, um viel zu erkennen.

»Es sieht so aus, als könnte dieser Tornado direkt durch die Innenstadt ziehen«, antwortete er mit angespannter Stimme.

Die Zwillinge schnappten gleichzeitig laut nach Luft. »Sind wir hier sicher?«, rief Celia.

»Wird uns nichts passieren?«, fragte Delia, wobei sich ihre Stimmen überschnitten.

Liam blickte über seine Schulter und erwiderte: »Da, wo wir jetzt sind, sollte uns allen nichts passieren.«

Moira eilte zu uns. »Hoffen wir einfach, dass das schnell vorübergeht und keinen Schaden anrichtet.«

Die vier Kundinnen sahen teils aufgeregt, teils verängstigt aus, genau wie die Zwillinge. In der Zwischenzeit hatte sich Emma zu ihren Schwestern gesetzt. Wir, die wir zur hexischen Sorte gehörten, warfen uns allesamt stumme Blicke zu. Mit Ausnahme von Viola natürlich.

Irgendetwas an der ganzen Sache fühlte sich ziemlich komisch an, und ich wünschte, wir hätten eine Ahnung, was hier vor sich ging. Zufällig blickte ich zu Viola und sah, wie sie ihre Hand hob und kurz mit den Fingerspitzen in Richtung der Fenster schnippte. Für einen zufälligen Beobachter hätte es so aussehen können, als würde sie nur das Armband an ihrem Handgelenk zurechtrücken, denn genau das tat sie als Nächstes.

Als ich wieder zu den Fenstern blickte, traf mein Blick den von Moira, die eine dunkle Augenbraue schräg nach oben zog. Offensichtlich hatte sie dasselbe beobachtet wie ich. Innerhalb weniger Minuten legten sich das Heulen des Windes und das Grollen des Donners langsam. Die Sonne brach abrupt durch die Wolken und warf Licht durch die Fenster.

»Ist es schon vorbei?«, fragte Celia, als sie sich von ihrem Stuhl erhob.

»Sieht so aus«, antwortete Lea.

Als ich zufällig zu ihr blickte, wusste ich sofort, dass auch sie gesehen hatte, was Viola getan hatte.

Nachdem noch ein paar Augenblicke vergangen waren und klar

war, dass der Sturm vorüber war, trotteten wir alle nach oben, wobei die Kundinnen von der Abfolge der Ereignisse ziemlich begeistert waren. Da sie immer noch einkauften, wäre es nicht angebracht, jetzt darüber zu plaudern. Daher blieben wir bei unserem Plan, uns bald im Enchanted Spirits zum Abendessen zu treffen.

KAPITEL ZWÖLF

»Ich habe definitiv gesehen, was sie getan hat«, sagte Emma, als sie sich zur Mitte des Tisches lehnte, um die Schüssel mit dem Krabben-Dip näher heranzuziehen und sich etwas davon auf einen Teller zu löffeln.

»Moment mal«, warf Donovan ein. »Also habt ihr drei alle gesehen, wie sie etwas mit ihrer Hand gemacht hat, von dem ihr euch ziemlich sicher seid, dass es ein Zauber war?« Sein Blick wanderte zwischen uns hin und her.

Moira, Emma und ich nickten gleichzeitig. »Absolut«, kommentierte ich. »Ich weiß, wie es aussieht, wenn jemand nur an einem Armband herumspielt, und wie, wenn jemand einen Zauber wirkt. Direkt nachdem sie das getan hatte, war der Tornado, der geradewegs auf die Innenstadt von Charm Cove zusteuerte, weg. Puff. Und dann kam auch noch die verdammte Sonne raus.«

Moira nahm einen Schluck von ihrem Bier und sah zu Liam hinüber. »Habt ihr sie nicht gesehen?«

Liam schüttelte den Kopf, während Donovan antwortete: »Offensichtlich nicht. Wir haben versucht zu sehen, was draußen los war.«

»Was wir wissen müssen, ist, warum«, sinnierte Moiras Bruder Gabriel.

»Genau. Ich habe keinen Zweifel, dass sie irgendeinen Zauber gewirkt hat, aber ich habe keine Ahnung, warum«, sagte ich.

»Ich versuche, mir einen Reim darauf zu machen, ob all diese seltsamen Vorkommnisse etwas mit den finanziellen Dingen zu tun haben könnten, die uns aufgefallen sind«, sagte Moira.

»Kannst du diese finanziellen Dinge erklären?«, fragte Emma.

»Zuerst sind mir Unstimmigkeiten aufgefallen, als ich abgeglichen habe, was wir bei ihnen über *Beauty Bewitched* bestellt und was wir tatsächlich erhalten haben. Sie haben den Lieferschein so verändert, dass es nicht so aussah, als würde etwas fehlen. Opal hat tatsächlich jedes Mal ein bisschen mehr bestellt und bezahlt, als sie bekommen hat, und das seit etwa zwei Jahren«, erklärte ich.

»Ich war neulich in ihren Büros, um ein wenig zu recherchieren, da ich wusste, dass sie hier oben sind. Liam und ich mussten sowieso für ein paar Besorgungen nach Portland, also passte es gut. Ich habe noch nicht alles durchgesehen, was wir gefunden haben, aber ich habe ein paar ähnliche Fälle entdeckt. In dem Jahr, seit Viola die Geschäftsführung übernommen hat, hat sie an einigen Stellen geschickt hier und da etwas abgezweigt«, sagte Moira kopfschüttelnd.

»So geschickt ist es nicht«, warf ich ein. »Es war leicht genug zu finden, aber man muss eben danach suchen. Sie verlässt sich auf die langjährigen guten Beziehungen, die sie zu einigen alten Unternehmen haben, und erwartet, dass die Leute es nicht überprüfen. Ehrlich gesagt, hätte ich nicht die Buchhaltung übernommen und die Dinge nicht doppelt überprüft, um sicherzugehen, dass ich auf dem richtigen Weg bin, hätte ich es vielleicht noch länger übersehen.«

»Vielleicht hat sie auch etwas mit diesen Wetterereignissen zu tun«, sagte Donovan. »Aber wir wissen wirklich nicht, ob diese beiden Dinge zusammenhängen. Wir wissen nicht einmal, ob sie mit den Problemen bei den Zauberstörungen in Verbindung steht.«

Emma zuckte mit den Schultern. »Das tun wir nicht. Außer, dass die Zauberstörungen und die seltsamen Wetterereignisse zusammen auftreten. Das Timing ist wahrscheinlich mehr als nur ein Zufall.«

»Was für eine Art von Macht braucht jemand, um Wettersachen zu machen?«, fragte Jackson von Emmas Seite.

»Es ist eine Kombination aus elektrischen Kräften und Wetterkräften«, sagte ich. »Meine Mutter hat bereits Nachforschungen über Familien angestellt, die störende Kräfte haben. Es scheint, als müsse sie auch über Wetter- und Elektrizitätskräfte recherchieren.«

»Das würde ich sagen«, sagte Nathan Good, als er sich unserem Tisch näherte. »Noch Platz für mich?«

»Wir können immer Platz machen«, antwortete Donovan und rückte mit seinem Stuhl näher an meinen. Gabriel tat dasselbe auf der anderen Seite von Donovan, während Nathan sich einen leeren Stuhl von einem nahegelegenen Tisch schnappte.

»Wo ist Edie?«, fragte Moira, als Nathan sich hinsetzte, sich prompt eine Scheibe frisch gebackenes Brot nahm und Krabben-Dip darauf löffelte. Er biss hinein und kaute, bevor er antwortete. »Sie ist zu Besuch bei ihren Eltern. Sie ist eine Woche weg.«

»Vermissst du sie?«, fragte Liam mit einem Augenzwinkern.

Nathan zuckte ungeniert mit den Schultern. »Natürlich. Genauso wie du Moira, wenn sie mal nicht in der Stadt ist.«

Das Grinsen meines Bruders wurde breiter, und er legte seinen Arm um Moiras Schultern. »Wie wahr.«

»Zurück zum Thema. Wir müssen herausfinden, was Viola vorhat und warum«, sagte Emma.

»Ist das etwas, worüber wir Daniel fragen sollten?«, fragte ich und blickte zu Zoe.

Zoe hob die Hände und ließ sie wieder fallen. »Woher soll ich das wissen? Nur weil ich mit dem Polizeichef verheiratet bin, heißt das nicht, dass ich weiß, was er untersuchen will. Aber das Wetter fällt definitiv nicht in seinen Zuständigkeitsbereich. Wenn jemand will, dass er sich die finanziellen Sachen ansieht, nun, das ist etwas anderes. Ich schätze, das ist eine Art Verbrechen. Wahrscheinlich Diebstahl.«

»Ich spreche heute Abend mit meiner Mutter darüber, nach Familien mit Wetter- und Elektrizitätskräften zu suchen. Ich nehme an, es wäre sinnvoll, wenn Opal und all die anderen Orte, bei denen sie gestohlen haben, entscheiden, was sie dagegen tun wollen«, bot ich an.

»Ich kann mir nicht vorstellen, dass jemand das überstürzen will, zumindest nicht hier in der Gegend«, kommentierte Gabriel.

»Das habe ich mir auch gedacht«, stimmte Liam zu. »Wenn die

Geldsache irgendetwas mit dem zu tun hat, was mit dem Wetter und den Zauberproblemen los ist, wollen wir sie sicher nicht vorwarnen.«

»Oder vielleicht doch«, schlug Donovan vor.

»Wirklich?«, fragte ich ihn und sah ihn an.

Er zuckte mit einer Schulter. »Der Zeitpunkt muss stimmen, aber ja. Ich denke sicher nicht, dass jetzt die Zeit dafür ist, aber wenn wir ein besseres Gefühl dafür haben, was los sein könnte, könnte ein wenig Druck helfen.«

In diesem Augenblick kam unsere Kellnerin mit unserem Essen. Durch die Unterbrechung und weil wir mit dem Essen begannen, wechselten wir das Thema, bis schließlich Viola auftauchte.

»Was macht die denn hier?«, fragte Moira, als Viola durch die Bar ging.

»Und wer ist das bei ihr?«, fügte Emma hinzu.

»Lasst uns nicht alle so starren«, murmelte ich, während ich mich umdrehte, lächelte und die Hand zum Winken hob, um meinen Versuch zu verbergen, zu erkennen, wer bei Viola war.

Viola winkte zurück und schenkte mir ein gezwungenes Lächeln. Wenn man bedachte, dass jedes Lächeln, das ich von ihr gesehen hatte, gezwungen wirkte, hatte das nichts zu bedeuten. Als sie die Bar durchquerte und sich auf den Weg zur anderen Seite des Raumes machte, weit außer Hörweite von allem, was wir sagen könnten, drehte ich mich wieder um. »Ich erkenne den Mann bei ihr nicht. Weiß einer von euch, wer er ist?«

Zoe schob sich einen Zwiebelring in den Mund und nickte zustimmend, bevor sie antwortete: »Ich auch nicht, aber er kommt mir bekannt vor.«

»Meint ihr, die beiden haben ein Date?«, fragte Nathan uns, während er sich eine Handvoll Zwiebelringe schnappte.

»Herrje, Kumpel, nimm doch nicht den ganzen Korb«, sagte Liam und stieß Nathan mit dem Ellbogen an.

Nathan ließ sich davon nicht beirren und zuckte nur mit den Schultern, während er auf den anderen Korb mit Zwiebelringen deutete. »Deshalb haben wir ja zwei Körbe bestellt. Wir können jederzeit mehr bestellen.«

»Um auf deine Frage zurückzukommen«, begann Moira, »ich glaube ganz sicher nicht, dass die beiden ein Date haben. Er ist alt genug, um ihr Vater zu sein, vielleicht sogar ihr Großvater.«

Als ich wieder hinübersah, stand Viola mit dem Rücken zu uns, also nutzte ich den Moment, um den Mann an ihrer Seite zu mustern. Er war korpulent, mit grauem Haar und einem wettergegerbten Gesicht. Er sah aus wie ein Mann, der sein Leben am Meer verbracht hatte, gezeichnet von Tagen mit salziger Luft und Sonne. Er kam mir ein wenig bekannt vor, aber ich konnte ihn nicht einordnen. Ich drehte mich wieder um und fügte hinzu: »Ich könnte schwören, dass ich ihn schon einmal gesehen habe. Geht das nur mir so?«

Donovan nahm einen Schluck von seinem Bier, bevor er antwortete: »Ich habe ihn schon mal gesehen. Was irgendwie komisch ist, wenn man bedenkt, dass ich noch nicht allzu lange wieder hier in der Stadt bin, seit ich zurückgezogen bin. Ich bin mir ziemlich sicher, dass er die Straße runter von uns gewohnt hat, als ich hier aufgewachsen bin. Wohlgemerkt, ich war sechs Jahre alt, als wir wegzogen, also ist meine Erinnerung sicher nicht lückenlos. Aber ich erkenne ihn definitiv wieder. Ich rufe heute Abend meine Eltern an und frage sie, ob sie sich erinnern können, wer damals in unserer Straße gewohnt hat.«

»Angenommen, er ist jemand, der in deiner Straße gewohnt hat, wo war dann sein Grundstück?«, fragte Zoe.

Donovan trommelte mit den Fingerspitzen auf den Tisch, bevor er antwortete: »Ich erinnere mich an ihn, weil sein Grundstück an einen Zugangsweg zu einem alten Steinbruch grenzte, in dem wir früher geschwommen sind. Von dort führte ein Pfad bis hinunter zum Meer. Obwohl das Grundstück meiner Familie auf einer Klippe direkt am Meer liegt, ist es kein einfacher Weg, um zum Strand hinunterzukommen. Er ist zu steil und felsig. Als ich ein Kind war, haben wir oft diesen Zugangsweg benutzt, um ans Wasser zu gelangen. Er verläuft direkt an seinem Grundstück vorbei und erstreckt sich bis dorthin, wo der neue Windpark errichtet wird.«

KAPITEL DREIZEHN

Ein stürmischer Zauber für Charm Cove

Das Wetter in Charm Cove war in den letzten Wochen alles andere als angenehm. Es gab sogar die seltene Sichtung eines Tornados draußen am Strand in der Nähe des Bauprojekts für den Windpark. Berichten zufolge gab es einige Schäden an den Bauten, aber der Projektleiter lehnte es ab, Reportern den Zutritt zur Baustelle zu gestatten.

Ist dies ein Vorbote für weiteres verrücktes Wetter in unserer kleinen Stadt? Der letzte hier gesichtete Tornado liegt über hundert Jahre zurück. Zusammen mit den meisten Stadtbewohnern hoffen wir hier beim The Ink Spot, *dass diese stürmische Frühlingszeit nur eine Laune der Natur ist. Vielleicht könnten die Hexen und Hexenmeister, über die in der Stadt gemunkelt wird, einen echten Zauber wirken und alles verschwinden lassen?*

Ich klappte die Wochenzeitung zu und atmete tief durch. *The Ink Spot* gehörte der Familie Bishop, einer Familie, in der es über Generationen hinweg viele Hexen und Hexenmeister gab. Viele Jahre lang hatte die einzige Zeitung der Stadt nur selten auf die angeblichen (und durchaus realen) magischen Bewohner von Charm Cove angespielt. Doch nach dem Gänseblümchen-Fiasko im letzten Jahr hatten die Besitzer damit begonnen, sich darüber lustig zu machen. Ich war mir noch nicht sicher, was ich von dieser Herangehensweise halten sollte. Natürlich kursierten schon immer die wildesten Gerüchte über Charm Cove, also nahm ich an, dass ein offener Umgang damit dem Wahren vielleicht die Schärfe nehmen würde.

Ich stand von meinem Schreibtisch im Büro auf und machte mich auf den Weg nach draußen. Ich war vorbeigekommen, um Sunshine abzusetzen, bevor ich mir einen Kaffee holen wollte, und war dann abgelenkt worden, als ich die Zeitung mit dieser Schlagzeile auf meinem Schreibtisch sah. Sunshine hielt bereits glücklich ein Nickerchen an einem sonnigen Plätzchen in meinem Büro. Sie hatte die letzte Nacht bei Donovan verbracht, aber bei ihm kamen Handwerker ins Haus, also war sie für den Tag bei mir.

Es war noch früh, die Sonne stand gerade hoch genug am Himmel, dass der Tau auf dem Gras langsam zu verdunsten begann. Die letzten paar Tage waren erfreulicherweise sturmfrei gewesen. Ich überquerte gerade den Dorfanger auf dem Weg zum Magic Beans, um mich mit Opal zu treffen, als ich meinen Namen hörte. Ich blickte über die Schulter und sah Beatrice winken, während sie zügig auf mich zukam. Ihre Power-Walking-Gruppe setzte ihren schnellen Gang fort, während sie sich absonderte, um mich an der Kreuzung eines der Schieferwege zu treffen.

»Guten Morgen, Juliette«, sagte sie, trotz ihres schnellen Tempos kaum außer Atem.

»Guten Morgen, Beatrice«, erwiderte ich und dachte bei mir, dass ich mich bei ihrem Energielevel alt fühlen konnte. Da stand ich, mit zu einem unordentlichen Pferdeschwanz hochgesteckten Haaren, und wartete sehnsüchtig auf meinen Kaffee, um mich zu dieser frühen Stunde etwas wacher zu fühlen. »Wie geht es dir heute?«

Beatrice nickte. »Ganz gut«, antwortete sie und hob eine Hand, um sie über ihr silbernes Haar zu streichen. »Ich dachte, ich lasse dich wissen, dass Frances dabei erwischt wurde, wie sie versucht hat, einen Tötungszauber auf einen anderen Garten zu wirken.« Beatrice schürzte die Lippen und schüttelte den Kopf, sichtlich beleidigt darüber.

»Wirklich?«, fragte ich, aufrichtig überrascht, das zu hören. Angesichts ihrer letzten Begegnung hätte ich gedacht, Frances hätte mehr Verstand.

»Wirklich«, sagte Beatrice mit einem festen Nicken. »Und wieder einmal scheint sie keine Probleme mit Zauberinterferenzen zu haben.«

»Bist du diejenige, die sie erwischt hat?«

»Diesmal nicht. Es war Bets Baker«, sagte sie und bezog sich auf Zoes Mutter. Bets hatte seit Jahren ihr eigenes kleines Gartenbauunternehmen. Ihr Geschäft lief gut, bevor Frances versuchte, aus dem Vom-Hof-auf-den-Tisch-Trend Kapital zu schlagen.

»Frances hat versucht, einen von Bets' Gärten zu töten?« Ich war ziemlich schockiert. Das war, gelinde gesagt, unvorsichtig und rücksichtslos. Bets war eine mächtige Hexe, und mit der legte man sich besser nicht an.

Eine silberne Braue hob sich, als Beatrice nickte. »Das hat sie ganz gewiss. Kein kluger Schachzug. Bets war sogar bei Daniel auf der Polizeiwache, um mit ihm darüber zu reden.«

»Was wird er tun? Ich meine, natürlich, er ist ihr Schwiegersohn und würde alles tun, um zu helfen, wo immer er kann. Aber es ist ja nicht so, als könnte er jemanden wegen eines Zauberspruchs anklagen.«

»Ich glaube nicht, dass Bets will, dass er Anklage erhebt. Ich glaube, sie möchte klarmachen, dass es nicht in Ordnung ist, also hat sie ihn gebeten, mit Frances zu reden. Ganz zu schweigen davon, dass Daniel sie vielleicht für etwas belangen kann, wenn diese Dinge so weitergehen.«

»Na, das dürfte interessant werden. Wissen wir, wie Frances reagiert hat, als Bets sie zur Rede gestellt hat?«

Beatrice verdrehte die Augen. »Oh ja. Sie behauptet, Bets habe falsch verstanden, was sie gesehen hat. Ich dachte nur, alle sollten Bescheid wissen, damit wir ein Auge auf Frances haben können. Ich muss meine Gruppe einholen. Wir sehen uns später.«

Damit drehte sich Beatrice um und eilte davon, während ich ihr ein »Tschüss« nachrief. In einem gemächlicheren Tempo überquerte ich die Straße zum Magic Beans. Nachdem ich meinen Kaffee geholt hatte, ging ich hinüber in die Ecke, wo Opal bereits wartete.

»Guten Morgen«, sagte ich, als ich den kleinen runden Tisch erreichte.

Sie blickte mit einem Lächeln auf und rückte ihre Brille auf der

Nase zurecht. »Guten Morgen, meine Liebe. Ich bin etwas früher hier, weil Theo mich abgesetzt hat.«

Theo war ihr Ehemann. Sie waren wirklich süß zusammen, besonders wenn man bedenkt, dass sie seit über vierzig Jahren verheiratet waren und sich immer noch vergötterten. Ich ließ mich auf den Stuhl ihr gegenüber gleiten und erwiderte ihr Lächeln.

Wir saßen ein paar Minuten lang schweigend da, während ich ein paar Schlucke von meinem Kaffee nahm und einen Bissen von dem Scone aß, den Opal mir über den Tisch geschoben hatte.

»Wir hatten jetzt seit Tagen keinen stürmischen Zwischenfall mehr. Ich kann nur hoffen, dass das bedeutet, dass Viola mit ihrem Unsinn aufgehört hat«, bemerkte Opal.

»Also, du denkst wirklich, es war Viola?«

»Absolut. Nachdem, was ihr alle während des schlimmsten Unwetters in der Innenstadt miterlebt habt, bin ich mir ziemlich sicher, dass sie für dieses seltsame Wetter verantwortlich ist. Außerdem ist da noch das, was deine Mutter herausgefunden hat.«

»Nur weil sie herausgefunden hat, dass Violas Mutter aus einer Familie mit Wetterkräften stammt, heißt das noch lange nicht, dass Viola dieselbe Gabe hat«, wandte ich ein.

Als Opal mich mit ihrem stechenden Blick und den zusammengepressten Lippen fixierte, zuckte ich mit den Schultern. »Okay, das ist sicherlich ein starker Beweis. Aber mal davon abgesehen, wozu das alles?«

»Genau darüber wollte ich mit dir reden. Ich habe Camille gebeten, ein bisschen bei den Immobilienverkäufen nachzuforschen, und sie hat herausgefunden, dass die Aldens Grundstücke in der Nähe des Windparks und des alten Elektrizitätswerks besitzen. Bevor ihre Firma nach Portland expandierte, hat die Familie früher hier in der Gegend gewohnt.«

»Wir wussten, dass sie Anteile an beiden Firmen hatten, aber von den Grundstücken wusste ich nichts.« Ich brach ein Stück von meinem Scone ab und schob es mir in den Mund.

»Nicht Violas Eltern, sondern ihre Großeltern. Ich habe Camille gebeten, das zu prüfen, weil ich neugierig war, warum jemand einen

Sturm über dem Windpark entfesseln wollen würde. Er hat zwar einen Teil der Anlage beschädigt, aber nicht allzu sehr.«

»Logisch wäre, dass sie das Windparkprojekt sabotieren wollten«, warf ich ein.

»Genau, aber sie haben Anteile an beiden. Das ist ziemlich verwirrend, wenn du mich fragst. Ich bin mir sicher, dass sie über die Jahre mit passiven Investitionen in das alte E-Werk eine Menge Geld verdient haben.«

Ich dachte darüber nach, während ich einen weiteren Bissen von meinem Scone nahm. »Ich wüsste nicht, wie wir das herausfinden sollen. Wogegen wir aber etwas tun können, ist der Diebstahl durch die Bestellungen. Hast du schon entschieden, ob du mit Daniel reden willst?«

Opal seufzte. »Wahrscheinlich sollte ich das. Aber das bedeutet, dass ich mich an die anderen Firmen wenden muss. Ich weiß nicht, was ich davon halten soll, so viel Staub aufzuwirbeln.«

»Ich würde sagen, wir fangen bei Daniel an und lassen ihn von da an weitermachen.«

»Warum kommst du dann nicht mit mir dorthin? Wir müssen entscheiden, was wir mit unseren Bestellungen bei ihnen machen. Unsere nächste ist bald fällig, und ich bin sicher, sie hoffen, dass wir unsere Bestellungen erhöhen. Wir hatten so viel zu tun, wie fast jedes Jahr.«

»Kannst du kurzfristig einen anderen Lieferanten für die Grundprodukte finden?«

Opal atmete tief durch und schüttelte den Kopf. »Ich weiß es nicht. Ich vermute, Violas Eltern haben keine Ahnung, was vor sich geht. Es bricht mir einfach das Herz bei dem Gedanken, dass sie herausfinden, was ihre Tochter tut.«

»Ich weiß«, sagte ich mit einer leichten Grimasse.

»Lass uns mit Daniel reden«, sagte Opal entschlossen und stand vom Tisch auf. »Das wird mich davon abhalten, so unentschlossen zu sein.«

Ich stand mit dem Kaffee in der Hand auf und ging mit ihr hinunter zur Polizeiwache von Charm Cove. Der frühe Frühlingsmorgen war ruhig und friedlich. In den Bäumen, als wir am Stadtpark entlanggingen, zwitscherten Vögel, ihr Gezwitscher und ihre Rufe bildeten ein sanftes Hintergrundgeräusch. Die Sonne ging gerade auf und tauchte den Horizont in einen zarten, rosaroten Farbton.

Die Polizeiwache von Charm Cove befand sich an einer Ecke in einem würdevollen, quadratischen Granitgebäude. Obwohl es noch recht früh war, hatte ich keinen Zweifel daran, dass Daniel hier sein würde. Wir stiegen die Treppe hinauf und stießen die Tür zum Wartebereich auf.

Anna Goodness, die Empfangsdame und eine Hexe aus einem alten Zweig der Good-Familie, blickte von ihrem Schreibtisch auf. »Guten Morgen, Juliette und Opal. Was führt euch heute Morgen hierher?«

Opal blieb vor dem Schreibtisch stehen und strich sich unbewusst eine Hand über ihr ohnehin schon ordentliches Haar. »Guten Morgen, Anna. Immer wieder schön, dich zu sehen. Wie geht es dir heute Morgen?«

»Mir geht es recht gut«, erwiderte Anna mit einem leichten Nicken.

»Wir würden gerne mit Daniel über eine Angelegenheit sprechen. Es ist nichts Dringendes, wenn er also beschäftigt ist, können wir warten«, erklärte Opal.

Ich konnte die Fragen in Annas Augen wirbeln sehen. »Er ist da. Lasst mich ihn kurz für euch anrufen.«

Anna hob den Telefonhörer auf ihrem Schreibtisch und drückte eine Taste. Nach einem Moment sagte sie: »Ja, Daniel, Opal und Juliette Good sind hier, um dich zu sehen, falls du ein paar Minuten Zeit hast.« Sie nickte auf etwas, was er sagte, bevor sie den Hörer zurück auf die Gabel legte. »Er kommt sofort raus.« Sie drückte einen Knopf auf ihrem Schreibtisch. »Ihr könnt schon in den Flur gehen. Ich bin sicher, er ist in einer Sekunde da.«

»Danke, Anna«, sagte ich, gerade als Daniel die Tür neben uns öffnete.

»Guten Morgen, meine Damen«, sagte Daniel höflich, und die Lachfältchen in den Mundwinkeln seiner braunen Augen vertieften sich durch sein Lächeln.

»Hi, Daniel«, sagte ich, als er uns die Tür aufhielt.

»Guten Morgen, Daniel«, antwortete Opal, als wir an ihm vorbei in den Flur traten.

»Gehen wir in mein Büro, dann könnt ihr mir erzählen, was euch herführt«, sagte er und bedeutete uns mit einer Geste, vor ihm den Flur entlangzugehen.

Sobald wir in seinem Büro waren und er die Tür geschlossen hatte, legte Opal direkt los. »Wir haben ein finanzielles Problem.«

Daniel ging um seinen Schreibtisch herum, setzte sich auf seinen Stuhl und hob ein Computer-Tablet an, um den Bildschirm zu aktivieren, während er zu uns blickte. »Ein finanzielles Problem?«, fragte er.

»Es ist nichts Großes. Es geht um einen Lieferanten, der uns bestiehlt, indem er unsere Bestellungen ändert. Wir vermuten, dass dies bei mehreren seiner Kunden passiert. Ich nehme an, das ist irgendeine Art von Straftat, oder?«, fragte ich.

»Natürlich ist das eine Straftat. Diebstahl, egal wie geringfügig, kann sich ganz schön summieren«, antwortete Daniel. »Gib mir ein paar mehr Informationen.«

Opal begann mit einer ausführlichen Erklärung und schloss mit den Worten: »Wir glauben auch, dass Viola etwas mit all diesen seltsamen Stürmen zu tun hat.«

Daniel nickte und schien darüber nicht überrascht zu sein. »Zoe hat diesen Verdacht mir gegenüber erwähnt. Ich habe darauf gewartet, ob mich jemand fragen würde, ob ich etwas dagegen tun kann, denn das kann ich nicht. Das Wetter fällt nicht in meine Zuständigkeit«, sagte er in trockenem Ton.

Opal kniff die Augen zusammen. »Natürlich verstehen wir, dass das Wetter nicht in deine Zuständigkeit fällt, Daniel. Aber wenn sie es absichtlich tut, würde das dann nicht unter Sachbeschädigung oder so etwas fallen?«

Daniel lehnte sich in seinem Stuhl zurück und fuhr sich mit einer Hand durch sein braunes Haar. »Ich nehme an, ja. Aber jemand, dessen Eigentum tatsächlich beschädigt wurde, müsste es melden. Soweit ich gehört habe, entstand der einzige tatsächliche Schaden letzte Woche während dieses Sturms beim Windparkprojekt.«

»Ich schätze, wir müssen abwarten, was sonst noch passiert«, sagte Opal.

»Aber was diese Angelegenheit betrifft, bei wem vermutet ihr noch, dass dies passiert ist?«, fragte Daniel.

Opal zählte prompt die Liste der anderen Konten auf. Obwohl ich noch keine Zeit gehabt hatte, alle Dokumente zu prüfen, die Moira bei ihrem Abstecher in deren Büros gefunden hatte, war ich verblüfft, wie schnell Opal die Liste herunterrasselte.

Als sie eine Pause machte, blickte ich in ihre Richtung und bemerkte: »Wow, du weißt vielleicht mehr über deren Geschäfte als die Leute selbst.«

Daniel lächelte und schüttelte den Kopf.

Unbeeindruckt zuckte Opal elegant mit einer Schulter. »Selbstverständlich. Ich leite Beauty Bewitched jetzt seit über dreißig Jahren. Ich kenne all die anderen Geschäfte ziemlich gut, die sich als unsere Konkurrenz betrachten könnten.«

»Ich wusste gar nicht, dass Beauty Bewitched überhaupt Konkurrenz hat, bei all der Magie, die in euren Produkten steckt«, scherzte Daniel.

»Ich halte mich über jeden Laden auf dem Laufenden, mit dem wir konkurrieren. Wir alle versuchen, zusammenzuarbeiten, aber ich bin ja kein Idiot. Ich weiß, dass die Leute gerne wüssten, was wir so gut machen. Obwohl ich sagen muss, glaube ich, dass unsere Produkte sich auch ohne Magie ziemlich gut verkaufen würden. Ich bin stolz darauf, sie genau richtig hinzubekommen«, sagte Opal und hob das Kinn.

In diesem Moment klingelte Daniels Schreibtischtelefon. »Da muss ich rangehen. Entschuldigt mich für einen Moment.« Er nahm den Hörer ab, erwiderte ein paar Dinge, die vermutlich von Anna Goodness kamen, hielt dann den Hörer vom Mund weg und wandte sich an uns. »Das ist eine Meldung. Wenn es euch beiden nichts ausmacht, gehe ich dem nach und melde mich, falls ich etwas Interessantes finde. Okay?«

Opal stand mit mir auf. »Natürlich verstehen wir das. Das ist keine Sache von Leben und Tod. Halt uns auf dem Laufenden, und wir werden dasselbe tun«, sagte sie schnell.

Ich winkte Daniel zum Abschied und formte mit den Lippen ein »Danke«, als wir das Büro verließen. Sobald wir draußen waren, warf ich Opal einen Blick zu. »Ich treffe mich mit Moira. Sie meinte, sie hätte heute Nachmittag Zeit, damit ich mir die Buchhaltungsinformationen ansehen kann, die sie gefunden hat. Ich würde gerne ein paar Quervergleiche anstellen.«

»Mach du das. Ich gehe jetzt erst mal zum Laden.« Opal drückte mir einen schnellen Kuss auf die Wange und ging zügig in Richtung Beauty Bewitched, während ich mich auf den Weg zu Persnickety Potions & Gifts machte.

KAPITEL VIERZEHN

Ich fuhr mit dem Finger eine Zeile in einer Tabelle entlang. So sehr Computer bei der Buchhaltung auch halfen, bei solchen Sachen brauchte ich es einfach, etwas in der Hand zu haben, um sicherzustellen, dass auch alles stimmte. Papierkopien waren für mich einfach viel nützlicher.

»Ich muss schon sagen, du hast an dem Tag gute Arbeit geleistet«, sagte ich und warf Moira einen Blick zu.

Wir waren im Hinterzimmer von Persnickety Potions & Gifts. Sie saß an einem Ende eines breiten Arbeitstisches und maß sorgfältig Kräuterheilmittel ab. Ich saß am anderen Ende und sichtete all die ausgedruckten Fotos, die Moira gemacht hatte, als sie sich in die Geschäftsräume der Aldens in Portland teleportiert hatte.

Sie blickte mit einem Lächeln auf. »Ich gebe mir Mühe, gründlich zu sein. Ganz zu schweigen davon, dass ich dachte, ich hätte mehr Zeit, als ich in solchen Situationen oft habe. Ich wusste ja, dass sie bei Ihnen waren und ihre Büros geschlossen hatten. Das war praktisch. Ich bin direkt zu den Aktenschränken gegangen, die du vorgeschlagen hast – zu den Forderungskonten.«

»Soweit ich das beurteilen kann, hat sie, seit Viola das Geschäft übernommen hat, nach und nach immer ein bisschen mehr abgeschöpft, hauptsächlich von den kleinen Familienunternehmen. Sie sind Lieferanten für ein paar größere Firmen, und die hat sie nicht angerührt«, erklärte ich.

Ich betrachtete die Zahlen vor mir, schüttelte langsam den Kopf und seufzte. »Ich vermute, sie hat diese Entscheidung getroffen, weil sie keine Aufmerksamkeit von den größeren Unternehmen auf sich ziehen wollte. Was einfach nur mies ist, denn das bedeutet, dass sie es auf die Firmen abgesehen hat, die das in ihrer Bilanz am stärksten zu spüren bekommen werden.«

Moira goss gerade die Flüssigkeit für ein Kräuterheilmittel in eine dekorative blaue Glasflasche, bevor sie wieder zu mir aufblickte. Sie spitzte die Lippen und schüttelte leicht den Kopf. »Das ist *echt nicht* in Ordnung. Was um alles in der Welt will sie denn damit bezwecken?«, fragte sie, während sie leicht mit den Fingern schnippte und einen Zauber auf den Trank legte, der bewirken sollte, dass jeder, der ihn kaufte, annahm, er sei wirklich magisch. Sie hatte es ein paar Mal getestet und hatte heute Morgen keine Probleme mit den Zaubersprüchen. Es schien also wieder einmal so zu sein, dass das, was auch immer periodisch Probleme mit den Zaubern verursachte, kein ständiges Problem war.

»Du meinst, außer Geld?«, konterte ich.

Moira verdrehte die Augen. »Ja, außer Geld. Denn nach dem, was du mir erzählst, verdient sie ja nicht so furchtbar viel Geld damit. Immer nur ein bisschen.«

»Stimmt, aber so machen es die besten Diebe, so heißt es zumindest in den Zeitungsartikeln. Da war doch diese Frau, die bei einer Immobilienfirma angestellt war und über zwanzig Jahre fast eine Million Dollar veruntreut hat. Immer nur ein bisschen auf einmal. Ich kann mir vorstellen, dass sie dachte, sie wäre aus dem Schneider.«

Moira lachte leise. »Ich lache nicht darüber, dass sie es getan hat«, sagte sie schnell. »Nur darüber, wie lächerlich Menschen sein können. Ich erinnere mich an diese Geschichte. Genau wie bei dir hat aber schließlich jemand gemerkt, was los war.«

Ich fühlte das Bedürfnis zu erklären, dass Opals früherer Buchhalter keineswegs schlechte Arbeit geleistet hatte. »Wenn das hier angefangen hätte, nachdem ich schon ein paar Jahre da gewesen wäre, wäre es vielleicht eine ganze Weile unbemerkt geblieben. Sobald man jemandem vertraut, hält man sich einfach an das System, das man hat. Wenn derjenige einen Weg findet, hier und da etwas abzuzwacken, sucht man vielleicht nicht danach. Ich habe alles geprüft, um ein Gefühl dafür zu bekommen, wie ich die Dinge am effektivsten handhaben kann. Ich habe nicht geprüft, weil ich dachte, es gäbe ein Problem. Aber zurück zu meinem Punkt: Das ist alles, was Viola tun könnte – einfach hoffen, mit kleinen Beträgen durchzukommen. Ich weiß es nicht wirklich. Ich muss Daniel aber auf jeden Fall wissen lassen, was ich hier herausgefunden habe«, schloss ich und deutete auf die auf dem Tisch ausgebreiteten Papiere.

»Da werden eine Menge Leute stinksauer sein«, kommentierte Moira, als sie eine weitere Trankflasche verschloss.

Donner grollte, gerade laut genug, dass wir ihn von draußen hören konnten. Ich legte meinen Stift beiseite und lehnte mich zurück, um einen Blick aus dem Fenster hinter mir zu werfen. Der sonnige Nachmittag hatte sich in einen grauen, bedrohlichen Himmel verwandelt.

»Oh nein, ich hoffe, sie ist nicht schon wieder dabei. Was soll das nur mit diesem Wetterkram?«, grübelte ich. »Darüber bin ich jedenfalls neugieriger als über das Geld, du nicht auch?«

»Na ja, schon. Aber worauf ist sie aus? Und ist es wirklich Viola?«

Ich rümpfte die Nase und zog eine Augenbraue hoch, als ich Moira ansah. »Du hast sie genauso deutlich gesehen wie ich. Sie hat an dem Tag im Keller einen Zauber gewirkt, und das hat beeinflusst, was draußen passierte.«

»Ich weiß, ich weiß«, sagte Moira mit einem Seufzer.

Genauso schnell, wie er begonnen hatte, verklang der Donner. Im nächsten Moment brach die Sonne durch die Wolken und warf ihre Strahlen schräg über den Tisch.

»Gehst du zur Bürgerversammlung?«, fragte Moira.

»Die wegen des Windparkprojekts und der Schäden?«

»Gibt es noch eine, von der ich nichts mitbekommen habe?«, sagte Moira trocken.

Ich verdrehte die Augen. »Ich nehme an, nicht. Natürlich werde ich da sein. Ich dachte, die Stadt hätte bereits für das Projekt gestimmt, daher bin ich mir nicht sicher, worum es bei der Versammlung geht.«

»Die Stadt hat vor drei Jahren darüber abgestimmt. Anscheinend haben sie einige Subventionen budgetiert, aber der Bau hat erst dieses Jahr begonnen. Sie wollen diese Versammlung wegen der Schäden durch den Sturm letzte Woche abhalten und um über Budgetanpassungen zu diskutieren.«

»Hmm«, antwortete ich, ohne weiter darüber nachzudenken. »Donovan will auch hingehen, weil dieses Windparkgrundstück an einen Teil des Grundstücks seiner Familie angrenzt.« Ich blickte auf die Firmen, die ich bei meiner Dokumentenprüfung aufgelistet hatte. »Ich werde meine Eltern heute Abend einen Blick darauf werfen lassen. Da mein Vater eine der wichtigsten Investmentfirmen hier leitet, bin ich neugierig, welche anderen Informationen er über diese Unternehmen hat. Vielleicht wissen sie etwas, was wir nicht wissen.«

»Fragen kostet ja nichts«, erwiderte Moira.

»Dann sehen wir uns morgen Abend«, sagte ich, als ich von dem Hocker aufstand, auf dem ich gesessen hatte.

»Ich würde dir ja eine Mitfahrgelegenheit anbieten, aber ich vermute, du fährst mit Donovan«, sagte sie mit einem Augenzwinkern.

———

Mein Vater lehnte sich in seinem Stuhl zurück und machte eine Pause, um einen Schluck von seinem Whiskey zu nehmen. »Es passte ganz gut, dass du mich gebeten hast, mir das mal anzusehen«, begann er.

»Wirklich?«

»Ja. Weil mir sofort ein Muster aufgefallen ist.«

Meine Mutter kam mit einem ofenfrischen Blaubeerkuchen an den Tisch zurück. Sie stellte ihn zusammen mit einer Packung Eis in die Mitte des Tisches, bevor sie Schalen austeilte.

»Mama, ich hätte dir doch helfen können«, sagte ich und blickte zu ihr auf.

»Ich habe doch zwei Hände, Liebes.«

Sie blickte sofort zu meinem Vater. »Jetzt komm aber zum Punkt. Davon hast du mir ja gar nichts erzählt.«

Mein Vater lächelte liebevoll, beugte sich zu ihr und drückte ihr einen Kuss auf die Wange. »Das liegt daran, dass ich es erst kurz vor dem Abendessen herausgefunden habe.«

Meine Mutter verdrehte die Augen. »Immer versuchst du, dich aus allem herauszuwinden.«

Mein Vater kicherte. »Also, um es kurz zu machen, jede einzelne der Familien, die diese kleinen Unternehmen führen, hat Investmentfonds, die mit dem Windpark verknüpft sind. Die Aldens haben sowohl in das Elektrizitätsunternehmen als auch in den Windpark investiert. Ich habe unsere Investitionen in das Energieunternehmen zurückgefahren und die in das Windprojekt erhöht, weil ich denke, dass das eine zukunftsorientiertere Investition ist.«

»Angesichts der Probleme mit unserem Verdacht bezüglich Viola, denke ich, wir sollten Jacob herausfinden lassen, was er bei den Stürmen spüren kann«, kommentierte meine Mutter. »Obwohl seine Fähigkeit, Zauber zu spüren, etwas beeinträchtigt ist, habe ich ihn gebeten, zu sehen, ob er etwas zurückverfolgen kann. Aus Gründen, die wir nicht kennen, werden die Aldens morgen Abend zur Stadtversammlung wieder in der Stadt sein.«

»Ich weiß«, warf ich ein, als ich anfing, den Kuchen aufzuschneiden. »Ich habe von Opal gehört, dass sie hier oben ein Haus gekauft haben.« Ich reichte meiner Mutter ein Stück Kuchen.

»Danke, Liebes«, kommentierte sie. »Ich weiß nicht, ob der Kauf eines Hauses hier irgendetwas bedeutet. Charm Cove ist ein Urlaubsziel.«

»Ein Urlaubsziel?«, neckte mein Vater mich, als ich ihm ein Stück Kuchen reichte.

»Liebster, du kannst mich aufziehen, so viel du willst. Es ist ein magischer Ort, kein Wortspiel beabsichtigt. Ich hoffe, Jacob kann zumindest eine Spur von Violas Magie aufnehmen. Auf diese Weise kann er vielleicht, falls es einen weiteren Sturm gibt, erkennen, ob ihre Magie ihn verursacht«, sagte meine Mutter.

»Die Quelle eines Sturms einzugrenzen, ist keine leichte Aufgabe«, sagte mein Vater, nachdem er einen Bissen genommen hatte.

Wir reichten das Eis herum. »Was auch immer Viola vorhat, der finanzielle Teil ist leicht zu lösen. Viel mehr Sorgen machen mir die Probleme mit der Zauberstörung und dem Wetter«, merkte meine Mutter an.

»Wem von uns nicht?«, erwiderte ich mit einem Seufzer.

KAPITEL FÜNFZEHN

»Ich glaube nicht, dass ich auch nur eine einzige dieser Sitzungen verpassen werde«, kommentierte Donovan, während er nach meiner Hand griff, als wir den Bürgersteig entlang in Richtung des Rathauses von Charm Cove gingen.

Ich lächelte zu ihm auf. »Gefallen sie dir?«

»Das ist das reinste Drama. Wer hätte gedacht, dass es mir so gut gefallen würde?«, witzelte er.

Ich stieß ihn mit dem Ellbogen an. »Mach dich nicht lustig. Das sind wichtige Angelegenheiten.«

»Oh, ich scherze doch nur, aber ich stimme dir vollkommen zu. Es ist eigentlich schön, an einem Ort zu sein, an dem ich das Gefühl habe, dass meine Meinung für die Stadt tatsächlich zählt.«

Wir stiegen die Granittreppe hinauf und traten durch die breiten Türen in das Gebäude. Stimmen drangen aus dem Treppenhaus zu uns herab. Den Geräuschen nach zu urteilen, war der Sitzungssaal im Obergeschoss wahrscheinlich schon fast bis auf den letzten Platz gefüllt.

»Hattest du schon Gelegenheit, dir das Windparkprojekt anzuse-hen?«, fragte ich, als wir oben auf der Treppe ankamen und den großen Sitzungssaal betraten.

Donovan ließ meine Hand los und ließ seine Handfläche über meinen Rücken gleiten, bis sie an meiner Taille ruhte, während wir durch den überfüllten Raum gingen. Ich sah, wie Moira über ihre Schulter blickte und zum Gruß die Hand hob, als sie uns sah, und auf zwei Stühle neben sich und Liam deutete.

»Ja, war ich«, sagte er mit leiser Stimme. »Der Schaden ist nicht so schlimm, aber ein paar der Windräder müssen repariert werden. Ich bin gespannt auf die Diskussion heute Abend. Es ist ja ein Privatunternehmen.«

»Stimmt, aber die Stromversorgung wird als öffentlicher Versorgungsdienst reguliert«, erwiderte ich.

»Genau, deshalb werden die Dinge in solchen Situationen kompliziert.«

Wir erreichten die Reihe, in der Moira und Liam uns zwei Plätze freigehalten hatten. Ich ließ mich auf den Stuhl neben Moira gleiten und Donovan setzte sich neben mich ans Ende der Reihe. Nachdem das anfängliche Gemurmel der sich einfindenden Leute verebbt war, begann die Sitzung ziemlich schnell.

Beatrice Powers, in ihrer Rolle als Vorsitzende des Stadtrats von Charm Cove, stellte sich vor den Tisch, der sich an der Stirnseite des Sitzungssaals über die gesamte Länge erstreckte, und klatschte in die Hände. »Wir haben heute Abend viel zu besprechen, also würde ich gerne pünktlich anfangen, wenn es denn möglich ist«, rief sie.

Obwohl Beatrice eine kleine Statur hatte, schilfschlank und eher klein gewachsen war, strahlte sie eine immense Macht aus. Da sie eine der mächtigsten Hexen in Charm Cove war, war das wohl auch gut so oder einfach nur zu erwarten.

Beatrice blickte zu Anna Goodness, die neben ihrer Tätigkeit als Empfangsdame auf der Polizeiwache von Charm Cove auch alle Stadtratssitzungen protokollierte. »Sind wir bereit anzufangen?«

»Das sind wir«, antwortete Anna mit einem Lächeln.

Beatrice ging um den Tisch herum, setzte sich in die Mitte und blickte zum Schriftführer des Rates. Ohne dass Beatrice ein Wort sagen musste, stand dieser auf und verlas die Liste der Themen, die heute Abend behandelt werden sollten. Die Sitzung begann zügig.

Nachdem wir den Streit über die Größe eines Schildes an einem der Nur-im-Sommer-geöffneten-Cafés beigelegt und den Antrag auf eine Zonenänderung in einem gemischt genutzten Gebiet geprüft hatten, kamen wir zum eigentlichen Thema.

»Okay, wir eröffnen nun die Diskussion über den Windpark und die Bedenken, die dem Rat bezüglich der Frage, wie sich die Stadt die Deckung der Reparaturkosten leisten kann, vorgetragen wurden«, sagte Beatrice.

Sofort schoss eine Hand in die Höhe, und eine Frau mittleren Alters erhob sich von ihrem Stuhl. Ich erkannte sie als die Besitzerin eines kleinen Gasthauses in der Innenstadt von Charm Cove. Beatrice deutete in ihre Richtung. »Ja, Emily?«

»Ich denke, viele von uns sind besorgt, dass wir diesen Windpark genehmigt haben und die Stadt ein Hauptinvestor ist, er aber noch nicht einmal in Betrieb ist und wir uns schon mit wetterbedingten Reparaturen herumschlagen müssen. Wie oft wird das vorkommen und ist die Stadt für die Reparaturkosten verantwortlich?«

Beatrice blickte zu einem silberhaarigen Mann, der am Ende des Tisches saß. »Wir haben einen der Projektingenieure hierher gebeten, um dies zu besprechen. Möchten Sie das bitte klarstellen, John?«

»Sicherlich«, sagte er und neigte leicht den Kopf. »Das Windy Bay Consortium ist sich der Bedenken diesbezüglich sehr bewusst. Ich möchte zunächst darauf hinweisen, dass Wetterprobleme auch bei jeder anderen Art von Kraftwerk ein Problem darstellen. Mögliche Schäden sind nicht auf den Windpark beschränkt. Abgesehen davon haben wir die Reparaturen an den Windrädern, die durch den Sturm letzte Woche beschädigt wurden, bereits ohne zusätzliche Kosten abgeschlossen. Wir hatten bereits Mittel für unvorhergesehene Probleme zurückgestellt. Wir liegen immer noch im Zeitplan, um in weiteren acht Wochen betriebsbereit zu sein. Unser Ziel ist es, der Küste von Maine nachhaltige Energie zu erschwinglicheren Preisen anzubieten, als sie derzeit verfügbar sind.«

Dem freundlichen Ingenieur wurden noch ein paar weitere Fragen gestellt, und er beantwortete sie alle souverän, ohne abweisend oder herablassend zu wirken. Als das Thema sich dem Ende zuneigte, meldete sich ein Mann, den ich nur vage kannte. Er war ein korpulenter Mann mit runden, rötlichen Wangen und grauem Haar, das in Büscheln von seinem Kopf abstand.

Als Beatrice ihn aufrief, stand er auf. »Ich verstehe einfach nicht, warum die Stadt daran interessiert ist, dies zu unterstützen, wenn die Stadt bereits eine vollkommen gute Energiequelle hat. Dieses ganze Klimawandel-Zeug ist doch nur Unsinn.«

Beatrice nahm es auf sich, diese Frage selbst zu beantworten. »Charm Cove, wie viele Städte in ganz Amerika, setzt sich mit den Veränderungen unseres Wetters und den Stromkosten auseinander. Wir versuchen, Wege zu finden, um Entscheidungen zu treffen, die langfristig nachhaltiger sind. Unsere Stadt wird weiterhin Strom aus mehreren Quellen nutzen. Es ist jedoch einfach eine kluge Planung, Energieprojekte zu unterstützen, die der Umwelt weniger schaden.«

Der Mann brummte etwas zur Antwort, als ich mich zu Moira rüberbeugte. »Ich könnte schwören, ich erkenne ihn wieder. Du auch?«

Moira nickte. »Ja, aber ich kann ihn nicht einordnen.«

»Das ist derselbe Mann, den wir mit Viola in der Bar gesehen haben«, warf Donovan von meiner anderen Seite ein.

»Oh! Stimmt ja«, erwiderte ich. »Hattest du schon Gelegenheit, deine Eltern nach ihm zu fragen?«

Donovan nickte. »Gestern erst, aber es war so viel los, dass ich vergessen habe, es zu erwähnen. Es ist der Mann, für den ich ihn gehalten habe. Sein Grundstück grenzt an das meiner Familie am anderen Ende, auf der Seite, die dem Windpark am nächsten liegt. Es ist nicht dieselbe Grundstücksgrenze, aber unser Besitz erstreckt sich hinter einem Teil des Geländes, auf dem der Windpark steht.«

»Wohnt er jetzt hier?«, fragte ich, als Moira sich an mir vorbeibeugte, um zuzuhören.

Donovan zuckte mit den Schultern. »Er hat hier früher nie das ganze Jahr über gewohnt. Mein Dad meinte, er war immer nur im Sommer hier. Verändert hat er sich nicht viel, das ist sicher.«

»Beatrice scheint zu wissen, wer er ist«, murmelte Liam, der sich ebenfalls nach vorne beugte, um an Moira vorbeizuschauen und an unserem Gespräch teilzunehmen.

»Wurden die meisten seiner Fragen nicht schon bei früheren Bürgerversammlungen behandelt?«, sinnierte ich.

»Wann immer Leute alte Kamellen aufwärmen, wollen sie nur Unruhe stiften. Wenn ihm das Land dort immer noch gehört, schätze ich, dass er irgendwie glaubt, vom Windpark betroffen zu sein. Vielleicht macht er sich Sorgen um die Grundstückswerte oder so was in der Art«, kommentierte Donovan.

Die Versammlung ging weiter. Nachdem noch ein paar andere Kommentare abgegeben und Fragen zum Windparkprojekt gestellt worden waren, schloss Beatrice die Diskussion. »Wie jeder weiß, hat der Rat dies nach einem städtischen Referendum zur Unterstützung des Projekts bereits genehmigt. Die Genehmigungen sind bereits erteilt und der Park soll in naher Zukunft mit der Energieerzeugung beginnen. Der Rat hört und versteht die Bedenken der Anwohner, aber wir sind an das vorherige Referendum und die Genehmigung des Projekts durch den Rat gebunden.«

Damit wechselte sie zum letzten Thema des Abends. »Uns liegt ein Vorschlag der Charm Cove High School vor, eine Feier zur Sommersonnenwende ins Leben zu rufen. Es ist über ein Jahrhundert her, dass die Stadt eine solche veranstaltet hat, aber früher war das eine halbjährliche Angelegenheit. Wir werden einen Aushang auf der Webseite der Stadt veröffentlichen, damit man Vorschläge einreichen kann. Da die Sommersonnenwende auf dem Höhepunkt der Touristensaison liegt, wird dies eine ausgezeichnete Möglichkeit sein, mehr Geschäfte anzuziehen und zusätzlich Aktivitäten für Kinder und Familien anzubieten.«

Als wir gingen, ging ein erwartungsvolles Raunen durch die Menge. Wenn Charm Cove gemeinsam etwas liebte, dann waren es Stadtfeste. Ein weiteres in den Jahreskalender aufzunehmen, wäre wahrscheinlich eines der wenigen Dinge, bei denen sich die meisten Einwohner einig waren.

Als wir nach draußen traten, wehte der Wind so stark, dass die Stadtflagge wild peitschte. Auf der anderen Straßenseite, wo Donovans Auto geparkt war, bemerkte ich Viola. Sie stand zufällig neben dem Mann, der während der Bürgerversammlung wegen des Windparks so schlecht gelaunt gewesen war.

»Na, sowas«, sagte Moira und sah mich mit einer hochgezogenen Augenbraue an.

»Ich frage mich wirklich, was es damit auf sich hat. Woher sollte sie ihn überhaupt kennen?«

KAPITEL SECHZEHN

»Oh, ich kann dir genau sagen, woher Viola ihn kennt«, sagte meine Mutter und verkniff die Lippen, während sie nach einem Löffel griff, um den Honig umzurühren, den sie sich gerade in den Tee gegossen hatte.

Draußen war es inzwischen dunkel; der Wind rüttelte an den Fenstern und der Regen fiel stetig. Ausnahmsweise war es mal ein ziemlich typischer Frühlingssturm. Meine Mutter und ich genossen einen Tee, bevor wir zu Bett gingen.

»Na, dann erzähl mal«, erwiderte ich.

»Die Aldens haben das Haus hier oben tatsächlich über den Winter gekauft. Der Winter ist die beste Zeit zum Kaufen. Nicht nur, weil weniger Leute suchen und die Preise niedriger sind, sondern auch, weil man im Winter einen besseren Eindruck vom Zustand eines Hauses bekommt.«

»Wieso?« Da ich noch nie ein eigenes Haus gekauft hatte, war ich wirklich neugierig.

»Wenn es ein Problem mit der Isolierung gibt, siehst du mehr Eiszapfen auf dem Dach und solche Sachen. Ein kalter Winter macht es schwer, Probleme zu vertuschen. Im Sommer können die Leute

Dinge leichter verbergen. Aber das ist nicht mein Punkt«, sagte meine Mutter und machte eine Pause, um an ihrem Tee zu nippen.

»Mach schon weiter«, forderte ich sie mit einer kreisenden Handbewegung auf.

»Sie haben das Haus von Harry Ouellette gekauft. Es ist das Grundstück neben den Wick-Obstgärten, also hat Donovan richtig vermutet, dass er ihn aus seiner Kindheit kannte. Harry hatte genug Land, sodass er es parzelliert hat. Ihm gehören einige Grundstücke auf der einen Seite des Windparks. Außerdem besitzt er ein weiteres großes Stück Land auf der anderen Seite der Stadt, wo das alte Elektrizitätswerk ist. Man kann wohl sagen, dass er ziemlich persönliche Gründe haben könnte, sich gegen das Windkraftprojekt auszusprechen.«

»Warum hat er seine Bedenken nicht während des Referendums und der ersten Anhörungsrunde geäußert?«, fragte ich, ziemlich neugierig, das zu erfahren.

»Er wohnt nicht das ganze Jahr über hier. Niemand aus seiner Familie ist mit den Hexen und Hexenmeistern in der Stadt verbunden. Aber in den 1950er-Jahren oder so haben seine Eltern dieses Grundstück gekauft, als eine alte Holzfirma nach einer Änderung der Holzfällervorschriften einen Haufen Land verkauft hat. Ich glaube, seine Familie kommt eigentlich aus der Gegend von Portland. Jedenfalls, damals, als Donovan jünger gewesen sein muss, hat er die Sommer über hier gelebt, also hat Donovan ihn wahrscheinlich da gesehen. Der Mann hat sich kaum verändert. Er ist vielleicht etwas runder und etwas grauer geworden, aber das ist auch schon alles. Ich kann mir aber absolut nicht vorstellen, was er mit dem Wetter zu tun haben könnte.«

Sunshine bewegte sich im Schlaf auf dem Boden und stieß einen langen Seufzer aus. Meine Mutter beugte sich vor, um ihr den Rücken zu streicheln, wo sie zu unseren Füßen ein Nickerchen machte.

»Ich habe das Gefühl, dass nichts einen Sinn ergibt«, sagte ich.

Meine Mutter lächelte sanft. »Liebes, das Leben scheint oft keinen Sinn zu ergeben. Mach dir nicht zu viele Sorgen. Die Dinge klären sich normalerweise von selbst. Jacob hat einige Ideen, wie man mit der Wetterstörung bei der Rückverfolgung der Zauber umgehen kann.

Aufgrund der Geschichte der Familie Alden ist es durchaus möglich, dass sie dahinterstecken.«

»Selbst wenn Jacob die Zauber zurückverfolgen kann, was wird uns das sagen?«

»Liebes, hab Geduld. Es ist nichts wirklich Schreckliches passiert. Dieser eine Sturm hat ein paar Windräder beschädigt, die bereits repariert wurden, und das ist auch schon alles. Das größte Problem, das wir haben, ist der Diebstahl, den du in den Büchern von Beauty Bewitched entdeckt hast. Daniel wird sich darum kümmern. Es wird definitiv peinlich, wenn Violas Eltern herausfinden, was sie so getrieben hat, aber es ist am besten für alle, wenn die Wahrheit ans Licht kommt.«

Als Sunshines Schwanz auf den Boden klopfte, beugte ich mich vor, um nachzusehen. Sie schlief tief und fest und wedelte im Traum.

»Also, teilt ihr und Donovan euch dieses süße Mädchen?«, fragte meine Mutter.

Meine Wangen wurden warm, als ich mich aufrichtete und sie über den Tisch hinweg ansah. »Ich nehme an, das tun wir. Vorerst bin ich froh, dass sie hierbleiben kann, weil er bei sich so viele Projekte am Laufen hat.«

»Natürlich kann sie hierbleiben. Ich warte nur darauf, dass ihr beide den nächsten Schritt macht«, fügte meine Mutter mit einem verschmitzten Lächeln hinzu.

»Wir sind offiziell zusammen, falls du das meinst«, sagte ich und verdrehte die Augen.

»Oh, ein paar Nächte pro Woche bei ihm zu verbringen, ist für euch modernen Paare sicherlich offiziell, aber ich würde gerne einen Ring an deinem Finger und Hochzeitspläne sehen«, witzelte meine Mutter.

Ich lachte leise und schüttelte den Kopf. »Mom, ich dachte, der ganze Rummel um die Hochzeit von Liam und Moira hätte deinen Bedarf an Hochzeitsplanung gedeckt.«

»Mein Bedarf ist erst gedeckt, wenn alle meine Kinder glücklich und zufrieden sind. Dann können wir uns um die Enkelkinder kümmern«, sagte sie mit einem Augenzwinkern.

KAPITEL SIEBZEHN

»Ich bin mir nicht sicher, wie wir das am besten angehen sollen«, sagte ich und sah Opal über den Tisch hinweg an.

Wir trafen uns im *Magic Beans* auf einen Kaffee, bevor sie *Beauty Bewitched* aufschloss und ich mich in mein Büro begab, um mich in die Zahlen zu vergraben.

Opal nippte an ihrem Kaffee, bevor sie antwortete. »Ich finde, es ist am besten, einfach direkt zu sein. So unangenehm das angesichts unserer langjährigen Geschäftsbeziehung mit den Aldens auch ist, wir haben eindeutige Beweise für das, was Viola getan hat. Mit Daniels Unterstützung wird ihr nichts anderes übrig bleiben, als mit der Wahrheit herauszurücken.«

Ich war zwar auch für Direktheit, aber ich war nicht gerade daran gewöhnt, Leute wegen Diebstahls zur Rede zu stellen. Ich brach ein Stück von meinem Himbeer-Scone ab, schob es mir in den Mund und nickte. »Ich richte mich einfach nach dir«, antwortete ich, als ich fertig gekaut hatte.

»Ich hätte dich gern dabei, weil du diejenige bist, die alle Details aus der Buchhaltung kennt. Ich verstehe zwar die groben Züge, aber ich gebe offen zu, dass ich keine Buchhalterin bin und auch keine Lust habe, mich mit den ganzen Einzelheiten vertraut zu machen. Du hast mir gezeigt, was du gefunden hast, und es mir erklärt. Daniel hat mich gestern Nachmittag auf den neuesten Stand gebracht; er hat mit mehreren anderen Unternehmen gesprochen, die nach seiner Nachfrage das gleiche Problem bestätigt haben. Wir haben also etwas in der Hand. Ehrlich gesagt geht es mir nicht einmal ums Geld. Ich finde, Viola muss zur Rechenschaft gezogen werden, und die Familie muss entscheiden, was sie tun will, wenn Viola das Geschäft weiterführt.« Opal schüttelte langsam den Kopf. »Sie tun mir wirklich leid. Dieses Geschäft ist seit Jahrzehnten in Familienbesitz. Viola hat es zwar noch nicht ruiniert, aber sie trifft Entscheidungen, die das Risiko nicht wert sind.«

Wie aufs Stichwort öffnete sich die Tür des Cafés und Viola trat ein, direkt hinter ihr ihre Eltern.

Ich warf Opal einen Blick zu, als sie sich an der Theke anstellten, und fragte: »Treffen wir uns hier mit ihnen?«

»Oh, du meine Güte, nein. Wir treffen uns in deinem Büro. Wo wir gerade davon sprechen, ich gehe dann mal rüber zum Laden. Lea vertritt mich heute Morgen für ein paar Stunden, aber ich will sichergehen, dass bei ihr alles startklar ist. Ich werde die Aldens begrüßen und dich in einer Stunde in deinem Büro treffen. Passt das für dich?«

»Wird wohl passen müssen. Ich weiß nicht, ob ich mich auf das Treffen freue, aber ich bin auf jeden Fall bereit.«

Opal gab mir einen Kuss auf die Wange, als sie vom Tisch aufstand. »Bis gleich.«

Ich sah ihr nach, als sie ging. Sie hielt inne, um die Familie Alden zu begrüßen, drückte den Ellbogen der Mutter vertraut und schenkte dem Vater ein freundliches Lächeln. Im Gegensatz dazu war ihr Blick etwas eisig, als er auf Viola fiel. Trotzdem behielt sie ein höfliches Lächeln im Gesicht.

Nachdem ich meinen Kaffee ausgetrunken hatte, winkte ich ihnen auf dem Weg nach draußen kurz zu. Als ich auf den Bürgersteig trat, atmete ich tief die klare Frühlingsluft ein. In den Gärten an jeder Ecke des Stadtplatzes begannen die Blumen zu blühen. Ich lächelte in mich hinein bei dem Gedanken, dass Donovan Sunshine bald in meinem Büro absetzen würde. Er hatte es sich zur Gewohnheit gemacht, jeden Morgen einen langen Spaziergang mit ihr am Strand zu machen.

Meine Gedanken schweiften zu der Bemerkung meiner Mutter von letzter Nacht zurück. Obwohl ich Donovan immer mehr ins Herz schloss, gefiel mir die Vorstellung, die Dinge langsam angehen zu lassen. Ich wollte nichts überstürzen, nur weil andere sich das für uns wünschten. Ich betete, dass meine Mutter mich nicht zu ihrem nächsten kleinen Hochzeitsprojekt auserkoren hatte. Ich hatte geglaubt, schlimmer als nach der schicksalhaften Heirat von Liam und Moira könnte es nicht kommen. Aber die war zustande gekommen, und die beiden waren so glücklich, wie man nur sein konnte.

Ich hätte damit rechnen müssen, dass meine Mutter ihre Hoffnungen auf mich setzen würde. Allerdings hatte ich ja noch andere Geschwister, auf die sie sich konzentrieren konnte. Leise überlegte ich, wie ich ihre Aufmerksamkeit von mir ablenken könnte.

Innerhalb weniger Minuten erreichte ich das Bürogebäude meiner Familie. Meine Mutter war zwar mit ihrer Ahnenforschung beschäftigt, hatte aber hier ein Büro, um meinem Vater bei verschiedenen Angelegenheiten zu helfen. Sie liebte es zu organisieren. Früher hatte ich sie damit aufgezogen und ihr gesagt, sie hätte in einem anderen Leben Sekretärin werden sollen, woraufhin sie mich zuverlässig daran erinnerte, dass die meisten Männer ohne die Unterstützung der Frauen in ihrem Leben nicht weit gekommen wären.

Unsere Büros befanden sich in einem rechteckigen Gebäude. Einst war es eine Pension gewesen. Daher hatte es auf beiden Ebenen zwei lange Veranden. Die alten Pensionszimmer waren alle zu Büros umgebaut worden. Das Gebäude wurde sorgfältig instand gehalten, mit strahlend weißem Anstrich und grauer Verschalung. Als ich die Büros betrat, hallten meine Schritte auf dem Hartholzboden wider, während ich durch den Eingangsbereich den Flur entlang zu meinem Büro ging.

»Guten Morgen, Juliette«, rief die Stimme meines Vaters.

Ich ging ein paar Schritte zurück und streckte den Kopf durch seine Bürotür. »Morgen, Dad. Ich hätte nicht erwartet, dich so früh hier anzutreffen.«

»Das Treffen mit dem Makler wurde abgesagt. Er ist oben in Augusta bei irgendeiner politischen Anhörung zu Bebauungsplanänderungen. Ich habe von deiner Mutter gehört, dass die Aldens sich später am Morgen mit dir treffen werden.«

Ich lehnte meine Schulter an den Türrahmen und nickte. »Ach ja. Opal ist ziemlich zuversichtlich. Ich mache mir ein wenig Sorgen, aber nur, weil wir keine Ahnung haben, wie sie reagieren werden.«

Mein Vater neigte den Kopf. »Wo wir gerade davon sprechen, ich habe Neuigkeiten von Jacob, die erst ein paar Minuten alt sind. Heute früh wurde in der Nähe einer der Molen beim Leuchtturm *Beacon's Charm* eine kleine Wasserhose gemeldet. Jacob konnte rechtzeitig dorthin gelangen, um einen Zauber aufzuspüren. Es ist definitiv ein Mitglied der Familie Alden. So viel wissen wir.«

»Wirklich? Wie hat er das denn geschafft?«

Mein Vater zeigte ein seltenes Lächeln. »Jacob hat eine Menge magischer Tricks auf Lager. Aber eigentlich hatte er ein wenig Hilfe von Beatrice Powers. Ihre Abwehrzauber können quasi wie eine Pause für andere Zauber wirken. Sie hat genug Kontrolle, um einen Zauber an Ort und Stelle zu halten und so seine Auflösung zu verlangsamen. Als Jacob ankam, blockierte sie die Wasserhose lange genug, um ihm die nötige Zeit zu geben, die Spuren des eigentlichen Zauberwirkens zu identifizieren. Falls du es nicht wusstest, seine Magie erfordert, dass er den Rest des Zaubers im Grunde ignoriert, um sich nur auf die Quelle zu konzentrieren, was ziemlich knifflig ist. Das Wirken des Zaubers an sich ist nicht das Endergebnis, also muss er die Quelle wirklich genau ins Visier nehmen.«

»Das wusste ich nicht, aber woher auch? Das ist nicht meine Gabe.«

Mein Vater zwinkerte. »Man lernt nie aus.«

»Ich glaube nicht, dass es klug ist, sie heute Morgen damit zu konfrontieren, oder?«, fragte ich.

»Ich würde sagen, nein. Es wird schon explosiv genug sein, die Buchhaltungsprobleme anzusprechen.«

»Ich kann mir nur ausmalen, wie furchtbar das schiefgehen könnte. Ich hoffe einfach das Beste«, erwiderte ich, just in dem Moment, als das Telefon meines Vaters klingelte.

»Da gehe ich ran. Viel Glück dabei«, bot er an, als er den Hörer von der Gabel nahm.

———

Ich hatte gerade noch genug Zeit, meine mitgebrachte Tasse Kaffee auszutrinken und ein paar E-Mails zu beantworten, bevor ich die Buchhaltungsdaten zu den Alden-Konten ausdruckte. Daniel hatte die Informationen von den anderen Geschäften geschickt. Wir hatten nicht vor, das anzusprechen, obwohl er vorhatte, sich später am Tag mit ihnen zu treffen, um zu besprechen, was die anderen Unternehmen wegen der Situation zu tun planten.

Bei einem leisen Klopfen an meiner Tür blickte ich auf und sah Opal im Türrahmen stehen. Sie war voll im Geschäftsmodus, in ihrem üblichen Outfit aus einer weißen Bluse und einer schwarzen Stoffhose. Sie trug eine marineblaue Brille und lächelte strahlend, als ich aufblickte. »Bist du bereit?«, fragte sie, während ich sie mit einer Geste in mein Büro bat und aufstand, um um meinen Schreibtisch herumzugehen.

»So bereit, wie ich nur sein kann«, erwiderte ich, als ich den Manila-Aktenordner anhob, in dem ich alle Unterlagen geordnet hatte. »Ich dachte, wir treffen uns gleich hier.« Ich deutete auf den runden Tisch in der Ecke meines Büros. Mit einem Blick auf die Uhr über meiner Tür stellte ich fest, dass wir noch etwa fünf Minuten hatten, bevor die Aldens erwartet wurden.

»Glaubst du, sie haben irgendeine Ahnung?«, fragte ich, als wir uns an den Tisch setzten.

Opal hängte ihre Handtasche über die Stuhllehne, bevor sie sich zurücklehnte, die Beine übereinanderschlug und die Hände über den Knien faltete. »Das ist zweifelhaft. Sie tun mir leid. Es sind sehr nette Leute. Sie haben ein gutes Geschäft geführt und waren nicht an einer Expansion interessiert. Als Viola letztes Jahr übernahm, konzentrierte sie sich auf die Expansion. Im Hinterkopf konnte ich nicht umhin, mich zu fragen, was ihre Eltern davon hielten.«

»Oh, bevor ich es vergesse. Mein Vater hat mir heute Morgen auf dem Weg hierher erzählt, dass Jacob und Beatrice etwas Glück hatten, einen Zauber im Zusammenhang mit einer Wasserhose in der Nähe eines der Anlegestege beim Leuchtturm aufzuspüren. Hast du davon gehört?«

Opals Augenbrauen schnellten in die Höhe. »Ich hatte Anrufe von

Lea und deiner Mutter, aber ich war zu beschäftigt, um zurückzurufen. Was ist passiert?«

»Ich schätze, mit Beatrices Hilfe bei einigen strategischen Blockierzaubern konnte er sich auf das Wirken des Zaubers konzentrieren und ihn zu einem Mitglied der Familie Alden zurückverfolgen. Praktischerweise gab es in letzter Zeit weniger Probleme mit Zaubern, sodass sie für Jacob und Beatrice von Vorteil waren.«

Opal schürzte die Lippen und schüttelte langsam den Kopf. »Nun, das ist nicht gerade eine Überraschung. Trotzdem hatte ich gehofft, dass wir uns in Bezug auf Viola vielleicht geirrt haben. Ich bin der Meinung, wir sollten alle drei noch heute Morgen damit konfrontieren.«

»Ich glaube nicht, dass wir das schon tun sollten«, sagte ich hastig. »Eins nach dem anderen. Es wird schon schlimm genug, dass wir sie mit dem Geld konfrontieren. Wir haben immer noch keine Ahnung vom Motiv.«

Die Gegensprechanlage meines Schreibtischtelefons summte. Ich stand schnell auf und drückte auf die Lautsprechertaste. »Ja, Darlene?«, fragte ich. Unsere fähige Empfangsdame kümmerte sich um so ziemlich alles für uns. Ich schätzte mich glücklich, ihre Hilfe jeden einzelnen Tag in Anspruch nehmen zu können.

»Die Aldens sind zu ihrem Treffen hier«, antwortete sie.

»Danke, Darlene. Sie können sie nach hinten schicken.«

»Okay, ich schicke sie zu Ihnen.«

Sie legte auf und ich ging zur Tür und blickte in den Flur. Einen Moment später hörte ich Darlenes Stimme und sah, wie sie ihnen mit einer Geste den Weg durch die Tür wies, während sie mir ein kurzes Lächeln zuwarf.

»Schön, Sie alle zu sehen«, sagte ich und trat zurück, als sie mein Büro erreichten. »Bitte kommen Sie herein und nehmen Sie Platz.«

Opal erhob sich vom Tisch. »Guten Morgen, Ihr Lieben«, sagte sie. Sie küsste Mrs. Alden auf die Wange und schüttelte Mr. Alden die Hand. Viola bekam ein höfliches Lächeln und ein Nicken.

»Setzen Sie sich nur«, sagte ich. »Darf ich Ihnen Kaffee oder Tee anbieten?«

»Ich nehme einen Tee«, sagte Mrs. Alden.

Viola wollte nur Wasser mit Zitrone. Glücklicherweise hatte Darlene vorausgedacht und dafür gesorgt, dass wir frisch geschnittene Zitrone hatten, weil sie genau das erwartet hatte. Opal hatte diese Einladung zu dem Treffen als eine Gelegenheit dargestellt, Produkte zu überprüfen, anstehende Änderungen zu besprechen und ihren Bestellbedarf für Beauty Bewitched für die bevorstehende Hauptsaison in diesem Sommer zu erörtern.

Obwohl wir ihre Pläne besprochen hatten, war ich wohl nicht ganz darauf vorbereitet, wie schnell sie sich dem strittigen Thema widmen würde. Sobald alle saßen und ihre Getränke hatten, legte Opal los. »Ich bin froh, dass wir uns alle treffen können. Ich möchte vorausschicken, dass mir bewusst ist, dass dieses Gespräch etwas unangenehm werden könnte.«

Mrs. Alden legte den Kopf schief und sah etwas besorgt aus. »Opal, wir machen nun schon seit dreißig Jahren Geschäfte mit Ihrer Familie, seit meine Eltern das Vertriebsgeschäft gegründet haben. Ich kann mir gar nicht vorstellen, was es Unangenehmes zu besprechen geben könnte. Wir betrachten Sie als Teil der Familie. Wir freuen uns riesig, dass wir uns endlich hier oben zur Ruhe setzen können. Charm Cove ist einer unserer Lieblingsorte und jetzt können wir hier leben.«

Opal neigte den Kopf und streckte die Hand aus, um Mrs. Aldens Hand sanft zu drücken. »Mir geht es genauso, was zum Teil der Grund ist, warum dies unangenehm ist. Ich komme einfach direkt zur Sache. Wie Sie wissen«, begann sie und deutete auf mich, »hat Juliette dieses Jahr die Buchhaltung für alle zugehörigen Unternehmen der Familie Good übernommen. Unser langjähriger Buchhalter war mehr als bereit, in den Ruhestand zu gehen, und wir waren froh, dass Juliette eingesprungen ist.«

»Im Rahmen ihrer Aufgaben hat sie sich die Zeit genommen, eine gründliche Prüfung der Bücher der letzten zwei Jahre durchzuführen, sich damit vertraut zu machen, wie wir die Dinge handhaben, und so weiter. Im Zuge dieser Prüfung sind ihr einige Unstimmigkeiten in den Zahlen Ihrer Firma aufgefallen. Ich versichere Ihnen, wir haben unsere Hausaufgaben gemacht und können das alles belegen. Aber es ist uns aufgefallen, dass es da ...«, sie hielt inne, schüttelte den Kopf und schien etwas unsicher, welche Worte sie verwenden sollte. »Nun ja, man kann es nicht anders sagen. Es ist Diebstahl. Für unser Geschäft läppert sich das langsam zusammen. Wegen unserer langjährigen Geschäftsbeziehung-«

Mrs. Alden schlug sich die Hand auf die Brust und schnappte laut nach Luft. »Wie können Sie nur? Wir würden *niemals*, und ich wiederhole *niemals*, Geld von Ihrem Geschäft stehlen, oder von irgendjemand anderem, was das betrifft.«

Mr. Alden wirkte etwas weniger überrascht. Sein Blick wanderte zu Viola, seine Augen verengten sich und ein Hauch von Misstrauen lag darin.

Als Mrs. Alden zu Mr. Alden schaute, sagte er: »Lass Opal ausreden. Ich würde gerne sagen, dass ich schockiert bin, aber ich hatte meine eigenen Bedenken.«

Seine Worte waren abwägend, aber bestimmt. Als ich einen Blick zu Viola riskierte, prangten zwei leuchtend rote Flecken auf ihren Wangenknochen und ihre Augen verengten sich. Ihre Lippen waren noch fester zusammengepresst als sonst, was schon einiges heißen wollte. Dennoch blieb sie stumm.

Mrs. Alden sah zurück zu Opal. »Na schön. Bitte erklären Sie sich«, sagte sie steif.

»Im Grunde geht es darum: Wir bestellen und bezahlen unsere Ware, aber Sie haben die Bestellungen mit einem geänderten Lieferschein verschickt, der nicht dem entspricht, was wir tatsächlich bezahlt haben. Aufgrund unseres Vertrauens in Sie hat unser vorheriger Buchhalter das nicht bemerkt. Dieses Muster begann vor ungefähr zwei Jahren.« Opal blickte zu Viola. »Ich nehme an, das war Ihr Werk. Bevor Sie jetzt selbstgefällig werden und denken, Sie könnten es widerlegen, wir sind uns auch bewusst, dass Sie das bei anderen kleinen Unternehmen ebenfalls so machen. Ich erwarte nicht, dass Sie das mir gegenüber zugeben, aber meine Vermutung ist, dass Sie sich dafür entschieden haben, weil Sie dachten, dass kleinere Unternehmen eher eine weniger ausgefeilte Buchhaltung haben und so etwas leichter durchrutscht. Was bei uns ja auch genau der Fall war. Juliette hat jetzt alles digitalisiert. Wir haben ein wenig gewartet, bevor wir Sie damit konfrontierten, weil wir es auch der Polizei gemeldet haben.«

Endlich sah ich Viola wieder an. Ihre Nasenflügel bebten und ihre

Haut war noch blasser geworden, wodurch die roten Flecken hervorstachen.

Mrs. Aldens Augen wurden komisch groß, als sie sich erneut die Hand auf die Brust schlug. »Ich kann nicht fassen, dass Sie nicht zuerst versucht haben, mit uns darüber zu sprechen!«

»Ich wollte keine voreiligen Schlüsse ziehen. Offensichtlich vertraue ich meiner Nichte und wusste, dass sie die Wahrheit über ihre Entdeckung sagte. Allerdings wollte ich sehen, ob es sich einfach um irgendeinen Fehler handelte. Das ist es nicht. Wir müssen noch entscheiden, ob wir Anzeige erstatten werden. Wir werden aber mit Sicherheit in der kommenden Einkaufssaison keine Geschäfte mehr mit Ihnen machen.«

Wir kauften bei ihnen Grundprodukte für viele unserer Lotionen und anderen Erzeugnisse. Ich wusste, dass Beauty Bewitched ein großer Kunde für sie war, obwohl wir ein kleines Unternehmen sind. Wir mögen zwar in Familienbesitz sein, aber angesichts des Volumens, das wir verkauften, waren wir ein bedeutender Kunde.

»Ich bin mir immer noch nicht ganz sicher, ob ich das glauben kann«, schnappte Mrs. Alden.

Mr. Alden warf ihrer Tochter einen finsteren Blick zu. »Ich hatte mir deswegen Sorgen gemacht, als du beschlossen hast zu expandieren. Wir sind kein großes Unternehmen, und du musst unsere langjährigen Kunden gut behandeln. Ich hatte nichts bestätigt, aber mein Bauchgefühl sagte mir, dass etwas nicht stimmte. Ich wollte dir vertrauen, also tat ich es. Offensichtlich bist du diesem Job nicht gewachsen.«

Viola stand auf, schnappte sich ihre Handtasche und warf uns vieren einen zornigen Blick zu. »Das passiert hier nicht. Sie werden das nicht zu mehr aufbauschen, als es ist. Es ist nicht sehr viel Geld«, sagte sie, während sie hinausstürmte.

Ich stand auf und folgte Viola schnell den Flur entlang. Sie war schnell unterwegs und gelangte bis zur Vordertür und auf die lange Veranda, die sich über die gesamte Länge des Bürogebäudes erstreckte, bevor ich sie einholte. Genau in diesem Moment sah ich, wie sie einen Zauber wirkte, als sie ihre Finger gen Himmel schnippte.

KAPITEL ACHTZEHN

»Was tun Sie da?«, rief ich.

Viola sah zu mir zurück und schien den Tränen nahe zu sein. »Sie wissen nicht, worauf Sie sich da einlassen. Sie hätten die Dinge einfach auf sich beruhen lassen sollen.«

Eine heftige Windböe fegte plötzlich die Straße entlang und in der Ferne grollte Donner, während sich am Himmel rasch Wolken bildeten und den sonnigen Frühlingsmorgen verdeckten.

»Viola«, flehte ich. »Wir wissen, dass Sie auch diese Wetterzauber wirken. Was ist hier los? Sie werden jemanden verletzen, wenn Sie so weitermachen.«

Der Sturm wurde bereits schnell stärker. Dicke, fette Regentropfen fielen vom Himmel, und der Wind heulte so laut, dass ich kaum etwas hören konnte.

Viola schrie durch den Wind. »Es spielt jetzt sowieso keine Rolle mehr.« Damit drehte sie sich um und rannte von der Veranda.

Als ich hinter mich blickte, hatten Opal und die Aldens die Türschwelle erreicht. Sie schauten hinaus, als ein Blitz über den Himmel zuckte und eine weitere Windböe mein Haar zerzauste.

Mr. Alden, der während des Gesprächs über die Geldprobleme und Violas Verrat so ruhig gewesen war, sah fassungslos aus. »Sie ist also diejenige, die all diese seltsamen Wetterereignisse verursacht?«, murmelte er, fast für sich selbst.

Ich trat zurück durch die Tür und schlug sie hinter mir zu, während draußen der Wind heulte und an den Fenstern des Gebäudes rüttelte.

Mein Vater beantwortete Mr. Aldens Frage, als er vom Ende des Flurs kam. »Ja, Frank, das ist sie. Das haben wir heute Morgen gerade bestätigt. Wie Sie sicher wissen, ist es keine leichte Aufgabe, mit Stürmen verbundene Zauber aufzuspüren, aber Jacob hat es geschafft.«

Mrs. Alden fiel prompt in Ohnmacht. Darlene eilte hinter ihrem Schreibtisch hervor, blieb neben ihr stehen und wirkte einen schnellen Zauber. Mit der Hilfe von Mr. Alden und meinem Vater brachten sie Mrs. Alden hoch und auf ein kleines Sofa im Wartebereich. Opal wirkte einen Zauber, um Mrs. Alden aus ihrer Ohnmacht zu holen, aber sie sah immer noch ziemlich schockiert aus.

»Was um alles in der Welt ist hier los, Frank?«, sagte sie mit dünner, brüchiger Stimme.

Darlene eilte mit einer Tasse Pfefferminztee herbei. »Hier, trinken Sie etwas davon. Die Pfefferminze wird Ihnen helfen, Ihre Gedanken zu klären. Es ist auch ein Hauch Honig drin.«

Mrs. Aldens Hände zitterten, aber mit Darlenes Hilfe hielt sie die Tasse und nahm mehrere Schlucke.

Mr. Alden setzte sich neben seine Frau auf das Sofa, während Darlene einen Stuhl in die Nähe zog. Ich saß mit Opal und meinem Vater auf Stühlen, die an der Wand direkt neben dem Sofa standen.

Als Mrs. Alden etwas ruhiger war, antwortete Mr. Alden endlich auf ihre Frage. »Liebling, ich weiß nicht, warum Viola diese Dinge tut, aber irgendetwas stimmt nicht. Ich habe es schon vor einigen Monaten gespürt. Wir haben ihr gesagt, dass wir uns zurückhalten und sie in die Rolle der Geschäftsführerin hineinwachsen lassen würden. Ich habe versucht, das zu tun, und habe die Bücher nicht geprüft, aber ich wusste einfach, dass etwas nicht stimmte.« Mr. Alden blickte zwischen Opal, meinem Vater und mir hin und her. »Ich hatte keine Ahnung, dass Viola irgendetwas mit diesen seltsamen Wetterepisoden zu tun hatte.«

Der Blick meines Vaters war nachdenklich, als er aus den Fenstern schaute. Man konnte sehen, wie der Wind die dekorative Fahne mit einer Blume darauf vor dem Schaufenster gegenüber peitschte und wie die Regentropfen so hart wie Kieselsteine gegen die Fenster schlugen.

Als er wieder in unsere Richtung blickte, fragte er: »Sie wissen also, dass Viola Wetter- und Elektrizitätskräfte hat?«

Mrs. Alden sah immer noch ziemlich verzweifelt aus, aber sie schien damit zurechtzukommen, indem sie schwieg und an ihrem Pfefferminztee nippte. Darlene hielt eine ihrer Hände.

Mr. Alden antwortete: »Nun, wir wissen, dass sie Wetterkräfte hat. Ich kann nicht behaupten, dass wir wussten, dass sie irgendwelche Elektrizitätskräfte hat.«

Mein Vater schüttelte den Kopf, fast für sich selbst. »Ich hätte das genauer erklären sollen. Ein Teil der Wetterkräfte beinhaltet auch etwas Elektrizitätskraft. Es geht um zu viel Macht, um sie nicht zu haben.«

Mrs. Alden mischte sich ein: »Es stimmt. Es liegt in unser beider Familien, aber es tritt nur sporadisch auf. Die Wetterkraft, meine ich. Und ich dachte, diese Stürme wären nur der Klimawandel.« Ihr Moment der Ruhe verging schnell, als der Donner laut grollte und die Fenster erneut klirren ließ. Eine Falte bildete sich zwischen ihren Brauen und sie sah ihren Mann an. »Warum sollte Viola das tun? Warum hast du mir nicht gesagt, dass du befürchtest, dass etwas nicht stimmt?«

Mr. Alden legte seinen Arm um ihre Schultern. »Weil ich nichts weiter als ein Bauchgefühl hatte. Ich wusste nicht, dass es irgendetwas mit den Konten zu tun hatte und dass sie am Ende einige unserer ältesten Geschäftspartner ins Visier nehmen würde. Ich hatte nur das Gefühl, dass sie etwas im Schilde führte. Das ist alles.«

»Können Sie sich irgendeinen Grund vorstellen, warum sie zusätzliches Geld brauchen könnte? Und warum sie das mit dem Wetter machen sollte?«, fragte ich und deutete auf die Fenster, während der Regen in Strömen die Scheibe hinunterlief.

»Ich weiß es ehrlich gesagt nicht«, sagte Mr. Alden und schüttelte langsam den Kopf. »Ich weiß, dass es ihr großes Ziel war, unser Geschäft zu erweitern. Sie sagte, sie hätte das Gefühl, wir hätten uns davon zurückhalten lassen, weil wir nicht groß genug gedacht hätten.

Sie war schon immer ein ehrgeiziges Mädchen, und das ist in vielerlei Hinsicht eine gute Eigenschaft.«

»Oh, absolut«, sagte Opal. »Ich frage mich, ob sie sich in irgendeiner Weise übernommen hat und das Geld brauchte.«

»Aber nichts davon erklärt die Wettersituation«, warf ich ein. »Es gibt auch die Probleme mit den Zauberstörungen.«

Ein weiterer Donnerschlag ertönte und ein Blitz erhellte den Himmel. Ich hatte die Schritte auf der Veranda nicht einmal gehört, als die Tür aufschwang. Der Wind erfasste sie und schlug sie gegen die Wand.

Donovan kam hereingestürmt, Liam und Moira dicht auf seinen Fersen. Liam schloss schnell die Tür. Alle drei waren klatschnass und das Wasser tropfte auf den Boden.

Meine Mutter tauchte aus dem hinteren Flur auf. »Ich hole ein paar Handtücher«, rief sie.

Mein Vater blickte auf, ruhig wie immer. »Alice, wann bist du denn gekommen?«

Sie deutete auf ihr feuchtes Haar. »Gerade eben. Ich bin durch den Hintereingang rein und habe mir ein Handtuch zum Abtrocknen geschnappt«, erklärte sie. Sie verschwand und kam schnell mit einem Stapel Handtücher im Arm zurück.

Während Donovan, Liam und Moira sich abtrockneten, fing Mrs. Alden an zu weinen.

»Ich verstehe einfach nicht, warum sie das tun sollte«, sagte sie zum gefühlt zehnten Mal in der letzten Minute.

Darlene ging los, um ihr einen frischen Pfefferminztee zu holen. Mir entging nicht, wie meine Mutter unbemerkt einen Zauber auf den Tee legte, als Darlene auf dem Rückweg an ihr vorbeikam. Ich nahm an, er sollte Mrs. Alden beruhigen.

»Was führt euch drei hierher?«, fragte meine Mutter, als wir alle wieder saßen.

Donovan blickte zu mir. »Ich wusste, dass du heute Morgen das Treffen hattest. Ich war in der Stadt, um bei Hardware Charm ein paar Sachen zu besorgen, als das Gewitter fast aus heiterem Himmel losbrach. Ich hatte die Befürchtung, Viola könnte sich bei dem Treffen aufgeregt haben. Die beiden haben mich eingeholt, als ich gerade die

Straße von meinem Parkplatz aus überquerte«, erklärte er und deutete auf Liam und Moira.

»Persnickety Potions & Gifts macht erst in einer Stunde auf, also dachten wir, wir kommen hierher und sehen nach dem Rechten, als das Unwetter losging«, sagte Moira.

Liam zuckte mit den Schultern. »Und ich kam gerade zur Arbeit.« Da er sein Büro im selben Gebäude hatte, war das natürlich absolut logisch.

»Weißt du, wohin Viola gegangen ist?«, fragte Opal und sah mich an.

»Ich habe keine Ahnung. Sie ist in Richtung Wicked Way gerannt. Mehr habe ich nicht gesehen.«

Die Köpfe drehten sich zu Mr. und Mrs. Alden, die auf dem Sofa saßen. »Haben Sie dort geparkt?«, fragte Opal.

»Wir sind nicht zusammen hergefahren. Viola ist heute Morgen schon früher los. Sie meinte, sie hätte ein paar Besorgungen zu erledigen«, erklärte Mrs. Alden. »Ich glaube aber schon, dass sie in der Richtung geparkt hat.«

Bei mir machte es Klick. »Wo wir gerade hier sitzen und uns über Dinge den Kopf zerbrechen ...« Ich hielt inne, als ein weiterer Donnerschlag ertönte und ein Blitz direkt vor dem Gebäude einschlug. Der Donner grollte erneut laut und ich fuhr fort: »Wissen Sie, woher Viola den Mann kennt, der Ihnen das Haus hier in Charm Cove verkauft hat?«

»Oh, Sie meinen Harry? Wir haben unser Haus doch gerade erst von ihm gekauft«, sagte Mrs. Alden langsam.

»Ja«, erwiderte ich.

»Na ja, daher kennt sie ihn eben«, sagte sie, als ob das alles erklären würde.

»So hat Viola ihn nicht kennengelernt«, fügte Mr. Alden hinzu. »Sie ist diejenige, die uns von dem Haus erzählt hat, weil sie ihn kannte.«

Donovan schaltete sich ein. »Da wir gerade von ihm sprechen, ich hatte Gelegenheit, mit meinen Eltern zu reden. Er ist einer der Hauptinvestoren des Windparks und sein Sohn ist einer der Hauptunterzeichner des Projekts. Laut meinen Eltern hatten die beiden vor Jahren einen Streit.«

»Klingt, als ob Ihre Eltern eine ganze Menge wissen«, meinte Opal mit einer hochgezogenen Augenbraue.

»Obwohl wir vor langer Zeit weggezogen sind, sind meine Großeltern die ganze Zeit hier oben geblieben. Es ist noch nicht so lange her, dass meine Großmutter gestorben ist. Anscheinend gab es eine Zeit, in der ihr Sohn tatsächlich das alte Hausmeisterhäuschen auf unserem Grundstück gemietet hat, weil er nicht gut auf seinen Vater zu sprechen war.«

»Ich sehe immer noch nicht, wie uns das weiterhilft«, sagte Mrs. Alden in einem verärgerten Ton.

Wenn man bedachte, dass ihre Tochter uns bestohlen hatte und anscheinend für all diese furchtbaren Stürme verantwortlich war, musste ich ihre Haltung bewundern.

Es gab einen weiteren Donnerschlag, genau in dem Moment, als die Eingangstür aufschwang. Der Wind hatte sie wieder einmal erfasst. Die Tür knallte so heftig gegen die Wand, dass sich ein Aquarell löste und das Glas des Rahmens auf dem Boden zersplitterte.

»Oje«, sagte meine Mutter und stand schnell auf.

Meine Mutter und Darlene eilten hinüber, um das Glas aufzusammeln, als Gabriel und Cam, zwei von Moiras Brüdern, zur Tür hereinkamen, beide tropfnass vom Regen. Es folgte eine weitere Runde Handtuch-Abtrocknen, während wir die Scherben des heruntergefallenen Bildes aufräumten.

»Und ihr seid hier, weil ...?«, fragte ich und blickte zwischen Gabriel und Cam hin und her, als ich mich wieder hingesetzt hatte.

»Moira hat uns geschrieben, dass sie hier ist«, sagte Cam, setzte sich mit einem Seufzer und nahm eine Tasse Kaffee an, die Darlene ihm reichte.

Ein weiteres Donnerdröhnen ertönte und der Raum wurde von dem folgenden Blitzeinschlag hell erleuchtet. Ich stand auf, ging zu den Fenstern und spähte hinaus. Von einem Tornado wie beim letzten schlimmen Sturm war keine Spur, aber der Regen peitschte furchtbar laut gegen die Scheiben. Die Sicht nach draußen war durch den seitlich prasselnden Regen nur ein verschwommenes Bild.

»Gibt es irgendeinen Zauber, mit dem wir das aufhalten können?«, fragte ich, als ich mich umdrehte.

KAPITEL NEUNZEHN

»Das wird eine Menge Macht erfordern«, sagte Gabriel Wicked Sr., Moiras Vater, während sein scharfer Blick über den Tisch wanderte.

Draußen tobte zwar immer noch der Sturm, aber wir hatten die Büros in der Innenstadt verlassen und uns im Haus meiner Eltern versammelt. Ohne mein Wissen hatte meine Mutter für heute Abend bereits ein Essen geplant, was nicht gerade ungewöhnlich war. Sie hatte mehrere Mitglieder der Familie Wicked, der Familie Good, Beatrice Powers und Bets Baker, die Mutter von Zoe Levesque, sowie Daniel und Zoe eingeladen.

»Wie wäre es, wenn ich sie einfach verhafte?«, bot Daniel hilfsbereit von Zoes Seite an.

Wir saßen im formellen Esszimmer meiner Eltern, obwohl an dem heutigen Abendessen nichts formell war. Wir brauchten jedoch den Platz. Der lange Esszimmertisch bot Platz für bis zu zwanzig Personen.

Meine Mutter hatte auf der Anrichte ein Buffet aufgebaut, und jeder hatte sich zum Abendessen bedient, während der Sturm von draußen gegen das Haus peitschte.

Zoe rückte die kleine Betsey zurecht, die auf ihrer Schulter tief und fest schlief, und warf ihrem Mann einen Blick zu, bei dem sie die

Augen verdrehte. »Genau. Du kannst sie verhaften, aber du kannst den Zauber nicht rückgängig machen.«

»Können wir das wirklich schaffen?«, fragte Nathan ziemlich skeptisch von der anderen Seite des Tisches.

Edie, seine Freundin, stieß ihn mit dem Ellbogen an. »Sogar ich habe Vertrauen in die geballte Magie aller Anwesenden in diesem Raum.«

Ich blickte in ihre Richtung. »Magie gibt es hier zwar zuhauf, aber wir brauchen eine ganz bestimmte Art von Magie. Zum Blockieren und Dämpfen. Diese Kräfte besitze ich nicht. Und wissen wir überhaupt, ob Violas Tun die Ursache für die Probleme mit den Zaubern war?«

Gabriel Sr. neigte seinen Kopf in Nathans Richtung und sah mich an. »Ich verstehe Ihre Sorge, aber die Goods in diesem Raum verfügen über reichlich blockierende Kräfte, auch wenn das zufällig nicht eine Ihrer Fähigkeiten ist. Beatrice ist extrem geschickt mit ihren Blockierkräften. Was Violas Wetterzauber angeht, die die Zauber hier regelmäßig beeinträchtigt haben, so würde ich vermuten, dass sie ihre störenden Kräfte einsetzen musste, um die Stürme zu beenden, nachdem sie sie ausgelöst hatte. Das könnte eine Art Nachwirkung sein, bedingt durch die enorme Macht, die diese Stürme erfordern.«

Ich nickte langsam und blickte in die Runde, wo ich viel zustimmendes Nicken sah. »Okay, na ja, ich schätze, das ergibt Sinn.«

Beatrice meldete sich zu Wort. »Ich habe bereits Tom Lewis und zwei befreundete Hexenmeister von ihm angerufen. Sie werden helfen, diesen Sturm zu stoppen.«

»Müssen wir Viola nicht finden?«, fragte ich und hielt inne, um mein Weinglas abzustellen.

Wie durch ein Wunder war der Strom nicht ausgefallen, obwohl der Wind kein bisschen nachgelassen hatte. Genau in diesem Moment ertönte draußen ein weiterer Donnerschlag. Blitze erhellten den Himmel über dem Ozean. Von den Fenstern meiner Eltern aus hatten wir eine freie Sicht darauf.

»Es würde helfen, sie zu finden, aber ich denke, wir können das Ganze so weit verlangsamen, dass es sie aus ihrem Versteck locken wird, wo auch immer sie ist. Ich wünschte nur, wir wüssten, warum«, murmelte Moira.

»Es ist doch immer die Frage nach dem Warum, nicht wahr?«, witzelte Cam.

»Kann dieser Sturm einfach von allein weitergehen, ohne dass sie den Zauber fortsetzt?«, fragte Donovan.

»Sofern nicht irgendein verstärkender Faktor ins Spiel kam, wie letztes Jahr bei den Gänseblümchen, ist das unwahrscheinlich. Sie tut etwas, um ihn am Laufen zu halten«, bemerkte meine Mutter.

»Wie wir gesehen haben, hat sie eine ziemlich gute Kontrolle«, kommentierte Theo Good an Opals Seite. »Sie hat bisher jeden Sturm ausgelöst und wieder beendet, also nehme ich an, dass sie es auch mit diesem tun wird. Die Konfrontation wegen der Geldsorgen scheint etwas in ihr ausgelöst zu haben.«

Wieder grollte der Donner, und dann läutete die Klingel an unserer Haustür. Sie war bei dem Heulen des Windes kaum zu hören.

»Wer in aller Welt kann das sein?«, fragte sich meine Mutter, während sie vom Tisch aufstand und ihre Serviette ablegte. Sie ging schnell aus dem Esszimmer und den Flur entlang zum Vordereingang.

Die Schritte meiner Mutter hallten wider, als sie den Flur entlangging. Der Wind pfiff draußen so laut, dass man hörte, wie er an Stärke zunahm, als sie die Haustür öffnete.

Einen Moment später kehrte sie mit Viola an ihrer Seite zurück. Viola hatte feuchtes Haar und ihre Haut war blass. Obwohl sie immer noch ihren typisch zugeknöpften Gesichtsausdruck trug, sah sie etwas verängstigt aus. Als die beiden im Torbogen zum Esszimmer erschienen, verstummte das Stimmengewirr, als wir uns alle geschlossen zu ihnen umdrehten.

Meine Mutter blickte zu Viola, beugte sich zu ihr und murmelte: »Soll ich es erklären?«

Violas Augen wanderten durch den Raum, bevor sie nickte.

»Also gut«, begann meine Mutter. »Viola ist vorbeigekommen, weil sie vermutet hat, dass wir hier sein würden, und sie braucht unsere Hilfe. Auf den Rest können wir später eingehen, aber so wie ich es verstanden habe, hat sie die Kontrolle über den Sturm verloren, den sie ausgelöst hat. Sie hat nicht genug Macht, um ihn zu stoppen. Sie ist zuerst zu ihren Eltern gegangen, die ihr geraten haben, hierherzukommen. Treffen sie Sie hier?«

Viola sah angemessen zerknirscht aus und nickte. »Sie haben gesagt, sie wären in Kürze hier.«

Opal erhob sich von ihrem Stuhl und stützte ihre Fingerknöchel leicht auf die Oberfläche des Mahagonitischs, der sich über die ganze Länge des Raumes erstreckte. »Wir helfen gern. An diesem Punkt stellt der Sturm ein Problem für die öffentliche Sicherheit dar«, sagte sie betont. Ihre Augen verengten sich, als sie Viola musterte. »Vielleicht könnten Sie erklären, was genau Sie getan haben.«

Viola hatte die Hände vor sich gefaltet, und ich sah, wie sich ihre verschränkten Finger verkrampften. Ihre Schultern hoben und senkten sich, als sie tief durchatmete, bevor sie antwortete: »Es ist kompliziert. Können wir die Erklärungen aufschieben, bis wir den Sturm unter Kontrolle haben?« Ihre Stimme zitterte.

In diesem Moment erhellte ein weiterer Blitz den Himmel und lauter Donner grollte. Bevor jemand antworten konnte, läutete die Türklingel erneut.

Ich stand schnell auf. »Ich geh schon.«

Ich eilte den Flur entlang und riss die Tür auf, hinter der die Aldens bereits warteten.

»Kommen Sie nur herein«, sagte ich und winkte sie hinein. Ich schlug die Tür schnell zu, gerade als eine heftige Windböe gegen das Haus peitschte.

»Wir besprechen das gerade alle hier unten«, sagte ich, während ich sie den Flur entlangführte.

»Wir haben Viola gesagt, dass wir vermutet haben, dass Sie hier sind. Sie braucht Hilfe. Wir haben versucht, ihr zu helfen, es aufzuhalten, aber wir schaffen es nicht«, erklärte Mrs. Alden mit besorgter Miene.

»Schon bevor Sie kamen, haben wir bereits darüber beraten, was wir tun können«, erklärte ich, als wir das Esszimmer erreichten.

Viola stand in der Ecke, und die Unterhaltung war wieder aufgeflammt, während die anderen Möglichkeiten besprachen, den Sturm zu stoppen. Meine Mutter begrüßte die Aldens und sorgte dafür, dass sie sich setzten.

Währenddessen kam Opal um den Tisch herum und schritt direkt auf Viola zu. »Wir werden auf Ihre Erklärung warten, da sie ja anscheinend so kompliziert ist«, begann sie und zog elegant eine Augenbraue hoch. »Aber wagen Sie es nicht, zu gehen. Sie spielen mit gefährlicher Magie, und das wissen Sie. Sie haben mit all diesen Stürmen alle in Gefahr gebracht.«

Violas Lippen verengten sich, und sie nickte. »Ich verstehe.«

Mein Vater ergriff das Wort. »Wir haben einen Plan. Beatrice, haben Sie von Tom gehört?«, fragte er und blickte zu Beatrice.

Beatrice zog ihr Handy aus der Tasche und warf einen Blick auf den Bildschirm. »Tom ist auf dem Weg hierher.«

»Können wir den Sturm von hier aus aufhalten?«, fragte Mrs. Alden.

Gabriel Sr. sah sie an. »Das können wir. Es wird einiges an Kraft erfordern, aber wir können es schaffen.«

»Warum glauben Sie, ist es außer Kontrolle geraten?«, fragte Viola, die endlich mutig genug war, sich zu Wort zu melden.

Meine Mutter antwortete: »Ich habe ein wenig über Wetterzauber geforscht, seit das alles angefangen hat. Ein potenzielles Risiko ist, dass man sich in die Kräfte der Natur einmischt. Genau wie normales Wetter kann es von allein außer Kontrolle geraten. Es scheint kein Problem mit einer Verstärkung des Zaubers zu geben. Sie haben sich entschieden, dies zu einer Jahreszeit zu tun, in der wir von Natur aus mehr Regen und Stürme haben. Wir müssen die Macht Ihres Zaubers beseitigen, damit das Wetter seinen natürlichen Lauf nehmen kann.«

Viola rang die Hände und nickte, ohne einen weiteren Kommentar abzugeben.

Etwa eine halbe Stunde später stand eine Ansammlung von Hexen und Hexenmeistern in einem kleinen Kreis auf dem hinteren Rasen des Hauses meiner Eltern. Der Wind peitschte und kalter Regen prasselte vom Himmel. Mein Vater hatte diejenigen von uns, die keine abwehrenden Kräfte besaßen, angewiesen, drinnen zu bleiben. Er hatte auch darum gebeten, dass die Zwillinge bei ihrer Mutter in der Nähe von Viola blieben, bereit, ihre Fähigkeit einzusetzen, um sie notfalls in Schach zu halten. Niemand war so recht bereit, ihr zu vertrauen.

Ich stand auf der verglasten Veranda, beobachtete und wartete. Auf ein Nicken von Beatrice hin, der der Regen nichts auszumachen schien, fassten sich alle im Kreis an den Händen. Insgesamt war es eine Gruppe von zehn Personen mit Beatrice, Tom und seinem Hexenmeisterfreund, meinem Vater, meinem Bruder Liam, Gabriel Sr. und Gabriel Jr., Cam, Nathan und Donovan. Obwohl die Kräfte ziemlich gleichmäßig auf Hexen und Hexenmeister verteilt waren, kamen abwehrende Kräfte tendenziell häufiger bei Hexenmeistern vor. Genauso wie Heilkräfte eher bei Hexen verbreitet waren.

Als die Gruppe ihre verbundenen Hände hob, sah ich, wie ein Schimmern durch den Regen in der Luft aufstieg, nicht ganz Funken, aber fast. Es gab einen lauten Donnerschlag, und als ein Blitz folgte, fingen Cam und Gabriel Jr. ihn auf. Als sie ihn herunterholten, hielten sie ihn als leuchtende Kugel zwischen sich. Die Kugel zerbarst in glitzernde Funken, als sie sie losließen. Nach einigen Augenblicken legte sich der Donner und der Regen ließ nach.

Obwohl der Regen nicht aufhörte, taten es der Wind, der Donner und die Blitze. Als die Gruppe zum Haus zurückkehrte, alle klatschnass, fühlte sich das Wetter wie ein typischer Frühlingsregen an.

Ich wollte Viola zwingen, jetzt zu reden, aber es gab eine Menge nasser und sich unwohl fühlender Hexen und Hexenmeister. Beatrice und ihre älteren Freunde gingen, wobei Beatrice erklärte, sie würde sich den neuesten Stand später anhören. Meine Mutter verfügte, dass Viola alles einer kleinen Gruppe von uns erklären könne.

Sobald wir im kleineren Salon saßen, holte Viola tief Luft und blickte zu meinen Eltern. »Ich möchte mich für die Buchhaltungsprobleme entschuldigen, die Sie gefunden haben. Ich hätte nicht stehlen dürfen. Es ist mir unglaublich peinlich, was passiert ist, und ich schätze, ich dachte, ich könnte die Situation kontrollieren.«

»Ich hätte dich fast gebeten, Viola«, fuhr ihre Mutter sie an, »bitte komm einfach auf den Punkt, was um alles in der Welt diesen ganzen Schlamassel ausgelöst hat.«

Viola holte noch einmal tief Luft. »Kennst du den Mann, der dir das Haus verkauft hat?«

Als ihre Mutter nickte, fuhr Viola fort: »Ich habe ihn kennengelernt, weil ich eine Zeit lang mit seinem Sohn zusammen war. Wie du weißt, haben die beiden sich vor Jahren zerstritten. Ohne mein Wissen hatte sein Sohn kompromittierendes Material über mich aufbewahrt. Sehr privates, wenn du verstehst, was ich meine.«

Opal wurde direkt. »Reden wir hier von unanständigen Fotos oder so was? Wir mögen alt sein, aber wir sind nicht dumm.«

Violas Wangen färbten sich rosa, und sie schloss die Augen. »Na schön, ja. Jedenfalls hat er es, nachdem wir uns getrennt hatten, benutzt, um mich zu erpressen und sich an seinem Vater zu rächen. Er besitzt einen großen Anteil an dem alten Energieunternehmen, während sein Vater stark in den Windpark investiert hat. Er wollte seinen Vater finanziell ruinieren. Das Geld wurde knapp, weil ich ihn anfangs ausbezahlt habe. Das war nicht genug, also fing ich an, Gelder von Konten über die geänderten Bestellrechnungen abzuzweigen. Er hat einfach weitergemacht. Ich dachte, der kluge Schachzug wäre, den Windpark selbst zu zerstören. Das Problem mit der Wetterzauberei ist jedoch, dass ich nicht viel Erfahrung damit habe. Das ist nicht die Art von Macht, die man oft einsetzen kann.« Sie hielt inne und schloss die Augen. Als sie sie wieder öffnete, sah sie sich im Raum um. »So, da haben Sie es.«

Es herrschte einen Moment Stille, bevor Cam sich zu Wort meldete: »Du willst mich doch auf den Arm nehmen. Dieser ganze Schlamassel hat wegen Sexting angefangen?« In seinem Auge lag ein verschmitzter Glanz, als er in die Runde blickte.

»Sexting?!«, rief Mrs. Alden aus.

»So nennt man das Verschicken von unanständigen Fotos per SMS«, bot Cam hilfsbereit an.

Viola presste die Lippen zusammen, während ihre Wangen noch röter wurden. »Fang nicht an, Mutter.«

»Also, ich wusste nicht einmal, was das ist«, murmelte ihre Mutter.

Ich biss mir auf die Lippe, um nicht zu lachen, und spürte, wie Donovans Hand meine ergriff, wo er auf dem Stuhl direkt neben mir saß. Er drückte sie, und ich sah ihn gerade noch rechtzeitig an, um sein Zwinkern zu erwidern.

Als ich wieder zu Viola blickte, stützte sie ihren Kopf in die Hände. Sie hob ihn und überblickte den Raum. »Die Dinge sind einfach aus dem Ruder gelaufen. Das ist alles. Bei der ganzen Sache mit dem Windpark geht es um den endlosen Konflikt zwischen ihm und seinem Vater. Jetzt, wo ich ihn kennengelernt habe, kann ich verstehen, warum sein Vater ihn rausgeschmissen hat. Er ist ein egoistischer Idiot.«

Opal legte den Kopf schief. »Nun, dann. Sie haben sich ja eine ganze Menge Ärger eingehandelt und andere in Gefahr gebracht.«

Moira warf ein: »Es ist ein Glück, dass wir den Sturm unter Kontrolle gebracht haben. Ich hoffe nur, dass Sie in Zukunft vorsichtiger mit Ihren Kräften umgehen werden.«

Mein Vater meldete sich zu Wort und fügte hinzu: »Wetterzauber ist nichts, was man leichtfertig einsetzen sollte.«

Viola sah angesichts der Situation sichtlich bestürzt aus. Sie blickte zu Opal hinüber. »Ich weiß nicht, was Sie wegen des Geldes, das ich gestohlen habe, unternehmen werden, aber ich habe Verständnis dafür, wenn Sie Anzeige erstatten.«

Bevor Opal antworten konnte, ergriff Mr. Alden das Wort. »Deine Mutter und ich haben das bereits besprochen. Du wirst von der Geschäftsführung abgezogen, bis wir jemand anderen gefunden haben, der sie übernimmt. Auch wenn wir dafür einen Kredit aufnehmen müssen, werden wir jeden entschädigen, den du bestohlen hast.«

»Es hat sich zwar geläppert, aber es ist nicht horrend«, warf ich ein.

»Werde ich angezeigt?«, fragte Viola, hob das Kinn und versteifte die Schultern.

Opal fing meinen Blick auf, bevor sie wieder zu Viola sah. »Wir werden mit Daniel sprechen. Ich weiß nicht, wie er sich entscheiden wird, oder die anderen Geschäfte, was das betrifft. Wir werden unser Konto behalten, solange Ihre Eltern wieder das Ruder in der Hand haben.«

Nachdem Viola und ihre Eltern gegangen waren, ließ Nathan den Blick durch den Raum schweifen. »Na, das ist doch mal eine abschreckende Geschichte, warum man keine Sexting-Nachrichten verschicken sollte.«

Edie stieß ihm den Ellbogen in die Seite. »Schluss jetzt.«

EPILOG

Als ich eines frühen Morgens mit einer frischen Tasse Kaffee von
Magic Beans in der Hand den Bürgersteig entlangging, blieb ich neben
den Gemeinschaftsgärten stehen. Sie erstrahlten in allen Farben, denn
zwischen den verschiedenen Gemüsebeeten blühten unzählige
Blumen.

Beim Geräusch von sich schnell nähernden Schritten drehte ich
mich um und sah, wie Beatrice von ihrer Power-Walking-Gruppe aus
schräg über die Straße kam. Sie blieb neben mir auf dem Bürgersteig
stehen.

»Guten Morgen, Juliette«, sagte Beatrice, und die Sonne glitzerte in
ihrem silbernen Haar.

»Guten Morgen, Beatrice. Ich hatte noch gar keine Gelegenheit,
Ihnen für Ihre Hilfe bei dem Sturm vor ein paar Wochen zu danken.«

»Ach, meine Liebe, keine Ursache. Absolut nicht nötig. Ich
betrachte es als Teil unseres Kodex für Hexen und Hexenmeister, bei
magischen Problemen zu helfen, auch wenn es nur ein ungeschriebenes
Gesetz ist. Wenn wir mit unseren Kräften Gutes tun wollen, müssen
wir auch bereit sein zu helfen, wenn die Dinge aus dem Ruder laufen.«

»Nun, ich weiß nicht, ob wir das ohne Ihre Hilfe und die von Tom

Lewis und seinem Freund geschafft hätten. Ich kann nicht behaupten, seinen Freund seit mehreren Jahren auch nur gesehen zu haben.«

»Tom hat ihn aus dem Seniorenheim, in dem er wohnt, herausgelotst«, sagte Beatrice mit einem Funkeln in den Augen. »Er ist alt und langsam wie eine Schnecke, aber seine Kräfte sind so stark wie eh und je. Das ist eine Sache, die niemals nachlässt.«

»Wissen Sie, ich habe nie herausgefunden, ob Frances mit ihren Zaubern aufgehört hat, mit denen sie andere Gärten vernichten wollte«, sagte ich und blickte zurück zum Gemeinschaftsgarten.

Beatrice schüttelte leicht den Kopf. »Nein, da kam nichts mehr. Nachdem ich sie und dann Bets zur Rede gestellt hatte, kam sie anschließend vorbei, um sich zu entschuldigen.«

»Es ist schön zu sehen, wie der Gemeinschaftsgarten gedeiht.«

»Allerdings. Ich wollte Ihnen noch sagen, dass ich die Gelegenheit hatte, mir die Arbeit anzusehen, die Donovan an seinem Bauernhaus im Obstgarten leistet, und es ist einfach wunderschön. Ich habe bei euch beiden ein gutes Gefühl.«

Obwohl Beatrice immer auf dem neuesten Stand war, was den Klatsch anging, äußerte sie sich selten zum Liebesleben anderer. Ich spürte, wie meine Wangen leicht erröteten. »Er ist ein guter Mann, und wir werden einfach sehen müssen, wohin die Reise geht.«

Beatrice zwinkerte. »Lassen Sie ihn wissen, dass ich gerne vorbeikommen und ein wenig Magie in diesem Obstgarten wirken würde. Mit seiner Erlaubnis kann ich ihm helfen, ihn ganz schnell wieder auf Vordermann zu bringen.«

»Das werde ich ausrichten.«

Damit drückte sie meine Schulter und eilte davon, überquerte die Straße und holte ihre Gruppe wieder ein. Mit einem letzten Blick auf die Gärten drehte ich mich um und ging weiter in Richtung meines Büros. Als ich um die Ecke bog, um zur Grünanlage hinüberzugehen, hörte ich wieder meinen Namen.

Diesmal machte mein Bauch einen kleinen Hüpfer, denn ich erkannte Donovans Stimme. Als ich aufblickte, sah ich Sunshine, die fröhlich an ihrer Leine sprang und mit ihrem Schwanz gegen Donovans Beine stieß, als er den Bürgersteig entlanglief, um mich zu treffen.

»Hey«, sagte ich und beugte mich hinunter, um Sunshine über den

Kopf zu streicheln. Als ich zu Donovan aufblickte, machte mein Bauch noch einen Hüpfer. Meine Güte. Dieser Mann musste nur lächeln, und schon wurde ich ein wenig nervös.

Er beugte sich vor und streifte mit seinen Lippen meine, während Sunshine sich zwischen uns hindurchschlängelte. »Ich dachte, ich fange dich ab und frage, ob du heute Zeit für ein gemeinsames Mittagessen hast«, sagte er, als er sich wieder aufrichtete.

»Fürs Mittagessen habe ich immer Zeit. Wo sollen wir uns treffen?«

»Wenn deine Mutter auf Sunshine aufpasst, dachte ich, wir könnten von deinem Büro aus zum Charm Café laufen.«

»Du weißt doch, dass meine Mutter es liebt, sich um Sunshine zu kümmern«, erwiderte ich. »Sag mir einfach, wann du da sein wirst. Ich habe heute keine Besprechungen, nur jede Menge Tabellen und Zahlen.«

»Perfekt. Ich schaue gegen zwölf Uhr vorbei.«

»Oh, du solltest Beatrice anrufen«, sagte ich, kurz bevor er sich abwenden wollte.

»Wozu denn?«

»Sie will deine Obstgärten verzaubern. Ich bin sicher, was auch immer sie tut, wird dir im nächsten Herbst eine Rekordernte bescheren, wenn du das möchtest.«

Donovan grinste breit. »Ich rufe sie an.«

Ich sah ihm nach, wie er wegging, und dachte über Beatrices Bemerkung nach. Wenn es eine Person gab, deren Bauchgefühl ich vertraute, dann war es ihres. Jeder, der mit mir verwandt war, war zu voreingenommen. Beatrice würde nicht zögern, mir zu sagen, wenn sie dächte, Donovan wäre nicht der Richtige für mich.

Ohne eine Wolke am Himmel setzte ich meinen Weg zum Büro fort und genoss den klaren Tag noch mehr als sonst. Nach den Wochen mit sporadischen und unvorhersehbar heftigen Stürmen war es schön, einen klaren, ruhigen Tag zu haben.

Daniel hatte übrigens darauf verzichtet, Anzeige gegen Viola zu erstatten. Da die Aldens sich bereit erklärt hatten, jeden zu entschädigen, von dem sie Geld angenommen hatte, hatten alle beteiligten Unternehmen entschieden, dass das mehr als genug war.

In der Zwischenzeit hatten die Aldens mich tatsächlich beauftragt, ihre Bücher der letzten fünf Jahre zu prüfen. Sie hatten noch nicht herausgefunden, wer die Geschäftsführung übernehmen sollte. Der Konflikt zwischen Vater und Sohn über das Windparkgrundstück und die Investitionen seines Sohnes spielte sich immer noch ab, aber diesmal auf dem normaleren Weg vor Gericht. Sie reichten abwechselnd Klagen gegeneinander ein.

Gerade als ich die oberste Stufe zur Veranda unseres Familienbüros erklommen hatte, summte eine Hummel an mir vorbei, das Summen war laut und nah. Ich sprang zurück, stieß einen Schrei aus und beobachtete dann, wie sie zu einem Geißblattbusch flog, der am Rande des Grundstücks wuchs.

———

Vielen Dank, dass A Stormy Spell gelesen haben!

Für mehr Unfug, Magie und Chaos in Charm Cove blättern Sie um und werfen Sie einen ersten Blick auf das nächste Buch der „This Good Witch Mystery "-Reihe. Juliette Good hat noch viel mehr über das Leben als eine *gute* Hexe zu erzählen.

Wenn du Updates zu meinen neuen Veröffentlichungen und anderen Neuigkeiten erhalten möchtest, melde dich für meinen Newsletter an: subscribepage.io/sTrNBG

AUSZUG: A STITCH OF MAGIC

JULIETTE GOOD

Der frühe Dezembermorgen in Charm Cove, Maine, dämmerte kalt und hell. Ein Blick aus meinen Fenstern zeigte die Landschaft, bedeckt mit flauschigem Schnee, der in der Nacht zuvor gefallen war. In der Ferne glitzerte die Sonne über dem Atlantischen Ozean. Der Himmel war blau und klar; der Schneesturm, der in der Nacht vorbeigezogen war, hatte sich mit dem Sonnenaufgang verzogen.

Ich trank meinen Kaffee aus, spülte die Tasse und stellte sie in die Spülmaschine. Als ich zur Haustür ging, erhob sich meine Hündin Sunshine von ihrem Nickerchen auf dem Boden, in einem Sonnenfleck, der durch die Fenster fiel. Ihre Krallen klickten auf dem Parkett, als sie auf mich zukam, und ihr ganzer Körper wackelte mit dem Schwanz.

»Na, Süße«, sagte ich und strich ihr mit der Hand über den Kopf, bevor ich nach meiner Jacke am Haken neben der Tür griff.

Ein paar Minuten später hatte ich den Schnee von meinem Auto gefegt, während es warmlief. Nach einer kurzen Pipi-Pause für Sunshine ließ ich sie auf den Beifahrersitz springen. Sunshine kam jeden Tag mit mir zur Arbeit und war der Star im Bürogebäude meiner Familie.

Die ganze Landschaft war wie mit Puderzucker bestäubt und glitzerte in der hellen Sonne, als ich in Richtung Stadt fuhr. Als ich in den Charming Way einbog, die Straße, die mich in die Innenstadt von Charm Cove führte, musste ich lächeln. Die Stadt bereitete sich auf die Feiertage vor: An den Ladenfronten und Häusern hingen Kränze, und ein städtischer Bautrupp hing Weihnachtsbeleuchtung an die Straßenlaternen und rund um den Dorfplatz.

Ich parkte gegenüber von Magic Beans, meinem Lieblingscafé, und ließ den Motor mit laufender Heizung an, um Sunshine warmzuhalten. Ich wartete auf dem Bürgersteig neben dem Dorfplatz, um die Straße zu überqueren und mir einen Kaffee zum Mitnehmen zu holen, aber gerade als ich vom Bordstein trat, zerriss ein durchdringender Schrei die klare Winterluft.

Ich wirbelte herum und suchte mit den Augen nach der Quelle des Geräuschs. Ich sah eine Frau in einer Ecke des Dorfplatzes, die sich die Hand vor den Mund hielt und auf etwas hinunterstarrte. Ich rannte auf sie zu, im selben Moment, in dem einer der Männer vom Bautrupp, der die Weihnachtsbeleuchtung aufhing, sie von der anderen Seite erreichte. Ein übles Gefühl der Vorahnung schnürte mir den Magen zu, als ich auf den Körper eines Mannes im Schnee hinabblickte.

Der Mann lag mit dem Gesicht nach unten, und unter ihm färbte Blut den makellos weißen Schnee. Gerade als sich der Mann vom Bautrupp vorbeugte, als wollte er den Körper umdrehen, sagte ich: »Nicht. Wir müssen die Polizei rufen.«

Dann bewegte sich der Mann im Schnee, und wir zuckten alle zusammen. Er drehte sich langsam um. Erleichterung durchströmte mich. Er war älter und hatte eine papierdünne, blasse Haut. Ich erkannte ihn erst, als seine braunen Augen aufblinzelten. Tom Lewis blickte zwischen uns drei hin und her, die wir auf ihn hinabstarrten.

»Ich möchte trotzdem, dass Sie die Polizei rufen, aber es ist kein Mord«, sagte er mit heiserer Stimme.

Seine Schulter war blutig, und ich rief eilig die Polizei an. Nachdem mir die Leitstelle versichert hatte, dass sie unterwegs seien, kniete ich mich neben Tom in den Schnee. Die Frau, die ihn zuerst entdeckt hatte, hatte ihn bereits mit ihrem Mantel aufgerichtet. Der Mann vom Beleuchtungstrupp rannte los, um einen Erste-Hilfe-Kasten aus ihrem Laster zu holen.

»Was ist passiert?«, fragte ich, während ich vorsichtig Toms Schulter untersuchte.

»Isobel Martin ist mit einer Stricknadel auf mich losgegangen«, erklärte Tom. »Tat höllisch weh.«

»Eine Stricknadel?«, fragte die Frau, die ihn gefunden hatte, genau in dem Moment, als ich fragte: »Isobel?«

»Ich weiß, wie eine Stricknadel aussieht, und damit hat sie mich erstochen«, sagte Tom und deutete auf seine Schulter. Sein Blick traf meinen. »Ja, Isobel.«

Für jemanden, der mit einer Stricknadel angegriffen worden war, war er ziemlich klar bei Verstand. Der Krankenwagen traf unmittelbar vor der Polizei ein. Am Nachmittag kursierten in Charm Cove bereits die wildesten Gerüchte und Spekulationen. Eine Stricknadel-Attacke läutete die Weihnachtszeit ein.

1-Klick : A Stitch of Magic

Wenn du Updates zu meinen neuen Veröffentlichungen und anderen Neuigkeiten erhalten möchtest, melde dich für meinen Newsletter an: subscribepage.io/sTrNBG

Hex Me Not
Spells & Silver Bells
The Great Maple Caper
Oopsy Daisy
Siren Song Gone Wrong
Pumpkin Patch Murder

Lemon Tea Cozy Mysteries
Witch You Wouldn't Believe
A Spell to Tell
Witch is When it Gets Crazy